七月堂

林 完枝
Sadae Hayashi

あらぬ年、あらぬ月

目次

あらぬ年、あらぬ月

のちから

Foweles in the frith,
The fisses in the flod,
And I mon waxe wod.
Mulch sorw I walke with
For beste of bon and blod.

Anonymous c.1270; Bodl.21713

第一章　黒い鳥

何とか仰向けになる、水の冷たさから逃れたくて。痛みがさっきより弱くなった気がする。カッターナイフで何度も切りつけられた、暖かい血が体からどろどろとろとろ流れていく、激痛で喚いた、口をふさがれた、顔が水面にぶつかった、もがいた。仰向けになろうとしてもがいた。やっと仰向けになれた、痛みがひいてきた、でも起きあがれそうにない、もう二度と起きあがれそうにない。寒い。ひどい脱力感だ。手足がどうにも動かない。お母さんが怒るだろう、いつまで寝てるの、起きてさっさと学校に行きなさいって何度もせっつくお母さんの声、いつものその声を今、聞きたい。やっと目が開く。見上げる、それは空なのか。灰黒色の層をなす分厚い雲、濃淡に垂れ込める雲の層のどこからか、黒い鳥が近づいてくる、少しずつ大きくなる、ほんとうは白い鳥かもしれない、灰色の鳥かもしれない。鳥ではないかもしれない。黒っぽいモノが近づいてくる、ぼくを啄み食べるのか、それともぼくを咥えてここから運び去り、うちに届けてくれるのか、そんなわけないか。お母さん、いっそぼくは鳥に食べられたい、そうでなければ魚に食べられてもいい。餌になれば世の中に少しは役立つかな、いつも役立たずってバカにされてきたけど。


「あいつ、身動きしなくなったぜ。かなり痛めつけたからな。」

「ほっとけよ、死んだふりしているだけさ。おれたちがここから離れるまで待ってやがるんだ、きっと。あんなやつ、もう仲間じゃない、裏切りやがって、居留守使いやがって。母親心配させたくないってぬかしやがって。」

「スマホ、どうしたっけ？　やっと買ってもらったとか嬉しそうだったよな。」

「どこかに落としたんじゃないか。水に浸かってるかもな。こんなに暗くちゃ見つけられないぜ。」

「まずいんじゃないか、このままだと。」

「救急車呼ぶか？　だれも運転免許もってねえよな。担いで病院脇に置いたらばれるだろ。監視カメラが見張ってる。」

「朝になって、誰かに発見されるかもな、ホームレスとかジョギング野郎に。」

「心配すんなって。ちょっと痛めつけただけだろ。さばさばしたさ。あんなやつでもストレス解消には役立つってことよ。」

「病院で手当て受けたらきっとおれたちのことばらすぜ。」

「あいつ、そんなカネあんのか？」

「母親、看護師だか介護士と言ってなかったか？　バッチイな。病気、感染してるんじゃねえか。」

「あれこれ考えてもしょうがねえだろ。腹もへってきたし、さっさと帰ろうぜ。おれたちゃ未成年、法律が守ってくれるって。」

三人の少年たちは河川敷をあとにした、稼働中の工場の騒音の方へ、外出自粛を要請されている街中の方へ。そこでは律儀に街灯たちが灯っている。

遺体安置所に案内された母親は言葉もなかった。仕事で今夜も帰れないとＬＩＮＥでメッセージを送ったが返信はなかった。既読になっていなかった。これまで何度か返信してくれたこともあったが、その場合いつも「り」といった平仮名一文字か絵文字だった。夜勤シフトで帰宅できないことが多いから、欲しがっていたスマートフォンをやむなく買い与えたが、ゲームに熱中しているか遊び仲間にＬＩＮＥをひっきりなしに書いている、そんな姿しか思い出せなかった。どれほど寂しい思いをさせていたか、想像もできない。「一人でも大丈夫よね。冷凍してあるの、レンジでチンして温めるのよ」とメッセージを送ることがよくあった。中学校生活を普通の子のように楽しんでいたと信じていたかった。一緒にサッカーしてくれる仲間ができたと嬉しそうに話していた。ゲーセンで仲間と遊ぶからおこづかいくれとせがむ回数が増えた。もしかしていじめられたり脅されたりしているかもしれないと疑ったが、それとなく本心を聞きだそうとしても、いつもはぐらかされた。親を心配させたくない、弱音を吐くのは恥ずかしい、そんな自尊心があったのか、この子にも。警察からは、加害少年たちを事情聴取していると聞かされた。三人とも未成年なので人権に配慮し慎重に対処する必要があると言われた。未来を奪われた少年、もはや息子の存在しない世界にこれからは生きることになる母親、そうした事実に加害少年たちの想像力は及ばない。もともと想像力に乏しい、そんな人間を相手にできるだろうか、いや、そう他人から見なされるだけでも、少年たちの自尊心は苛立つ。この世界はおれたちを半端扱いしかしない、不良品だと見なしている。仲間だけが信用できる。仲間以外はみな敵だ。優越感丸出しで四文字熟語を振り回しわけのわからない理屈をこねて、おれたちをねじ伏せたがっている、行動制限したがっている。午後八時以降は自宅に籠ってろと命じる大人たち。自宅なんて。おれたちにとっちゃ、午後八時以降が自由な時間だ、人気のない公園や空き地で遊べる、騒音が近所迷惑だと通報されかねないので、河川敷へと向かう。ときには抵抗できなさそうなホームレスを見つけてぶんなぐる、スカッとする。おれたちにだって自由に生きる権利はある、幸せになる権利はある。こんな世界を作ったやつらに責任がある、何であれ。あんたたちがツケを払うがいい。

「将来、何になりたいの、教えてくれる？」

「なりたいものなんかないよ。おれでも何かになれるわけ？」

「何かになりたいと思えば、今の生活に張り合いがでるでしょ？」

「張り合いって？」

「努力目標とか。将来の夢とか。」

「将来の夢ね、教えてほしいもんだ。あんた、答え知ってんならじらさず教えてよ。努力って苦手。楽しいの、役立つの？」

「役立つかどうかはあとにならないとわからない。時間をかけないと努力は報われないと思う。」

「時間をかけるって？　教科書読むとか？　おれ、文字大嫌い。特に漢字、邪魔っけだ。読むの面倒くさい。学校で楽しく学ぶって、嘘ばっかし。」

「文字読めないと、書類読んだり入力できるようになれないよ。将来困ることになる。」

「将来っていつだよ。困ったら、市役所の人とか、代わりにやってくれるんじゃないの。税金で雇われてるんだろ、あんたも。税金泥棒と言われないようにせいぜい仕事したら。」

いっそ傷つけてやりたい気持ちが沸き起こる。

児童相談所、家庭裁判所、鑑別所、更生施設、カウンセラーたち、ソーシャルワーカーたち。社会制度がどういうものか、どのように善良なる一般市民たちにセーフティネットとも呼ばれる網をかけているか、危険なもの不審なものを隔離したり排除して、安心安全な市民社会なるものの仕組みをあくせく構築しているか、一度たりとも考えたことがないだろう。社会的不適合者。責任を伴わない自由を求める。ルールを作ったものだけがルールを解釈したり無視できる立場で言い抜け誤魔化し、さらにルールを変更改変改竄できるとは、想像も及ばない。「大人は嘘つき、信用できない」と簡単に言う。語彙が貧弱だ。未成年にとって身近なのは学校と家庭、これら二つの場所に馴染めないと、行き先となるのは空き地、河川敷、廃工場跡、管理者不在を狙う。言語運用より身体動作で意思疎通できる数人の仲間。暗号を共有できる仲間同士のあいだにも、大人から見れば些細なことで軋轢が生じる。原初的な支配従属、「お山の大将」。ひらがなとカタカナでしかものを考えられない。せいぜい単文しか理解しない、絵文字と省略記号を見ればほっとする。無分別が自己防衛という名の攻撃となる。間欠熱のような狂暴性。共感や感情移入を強硬に拒む。殴る拳、蹴る足、振りかざすカッターナイフ。所持しているモノの少なさを実感したくない。何に、誰に、頼れるか、訴えられるか、聞いてもらえるか。時間をかけて信頼関係を築くことに不器用なものたち。それは、誰でもそうだ。相互不信という前提に依りかかる。「花には水を、妻には愛を」、大昔、そんな標語が商業ビルの垂れ幕に印刷してあったのを見かけた。宣伝文句か、何かの商品、例えば生命保険の。無駄に流れる水。廃水、汚水、浄水場へ。花はいつ咲く。愛も咲くことが？

「あなたにとって、大事なものってなに？」

「大事なもの。遊び仲間かな。」

「その仲間を失うのは辛いこと？」

「あんた、あの裏切り者のこと言ってんの？　あいつはもう友達じゃない。」

「死んだから？　死なせたから？」

「あいつがいなくなってせいせいした。あんなやつ、仲間だと思ってたなんて。」

「どんなことが裏切りなの？」

「あんたには分かんないよ、おれたちのこと。もう喋るのやめる。」

罪悪感をもたない、あるいはもとうとしない、もったら負けだと自己正当化に明け暮れる人に、どう良心の呵責なり道徳なりを訓育できるだろうか。社会的にひろく認容された競争ゲームのルールの枠外に出たい。弱気になって相手の言うことに納得するのは、相手のいいなりになること、一生パシリに甘んじること、一生負け犬になること。強がらないとなめられる。強がり言えなくなったらおしまいだ。世の中は支配する人と支配される人に分割される。白と黒、あるいは原色のみの世界、陰翳のない、濃淡のない世界の住人たち。敵か味方か。味方の数は少なく、敵は途方もなく多数だが、敵はどうやら、善悪の区別ができるのが人間の本性と甘く考えているのだ。理性と自由意志を人間性の証しであると標榜する人は、追いつめられた人が仕出かすことを理由づけしたがる、理解したがる。単純で受け容れ易い動機（金銭欲、性欲、支配欲、嫉妬、羨望、被害妄想、加害妄想、社会的疎外感、社会的無関心、幼少時の躾、家庭環境、学校教育、児童心理学、発達心理学、社会心理学、深層心理学、集団行動学、人間らしい愚劣愚行のオンパレード、何でもござれ）を幾つか選択し組み合わせ文書を作成し同意の署名をさせる。一件落着。書類を一つ上の部署にまわす。無計画、単なる衝動、その場しのぎ、暇つぶし、勢いあまって、その場の雰囲気に呑まれて仕方なく、そんなあとづけに甘んじたくない。ええかっこしい、体面を保ちたい、これは幼稚な精神のなせる業か。精神未発達は更生可能か。人間精神への信頼を失いたくない。根性無しをたたきつぶせる、たたきなおせる、そうした心性によりかかってツケを払うはめになる。迷う人は迷わぬ人に勝てない。ちょっと油断したばかりに、わずかな時間差で容赦なく襲いかかってくる、自然災害のように、人的災厄もまた。

肩が重い、いつものことだ。仕事疲れで腰も痛い。ストレッチする気力もでない。この子がまだ小学生だった頃、肩を揉んだりたたいてくれたことがあった。お母さん、少しは楽になった？　ええ、いつもありがとね。いつか、「いつも」は、「いつも」ではなくなる。人は変わっていく、外見も中身も。お母さん、肩が痛いのは、ぼくが鳥になって肩に停まっているからだよ。姿が見えなくともお母さんのそばにいたくで、いつも一緒にいたくて、お母さんの肩に停まる、それでお母さん、肩こりになる。ごめんね、痛い思いさせて、でも、それ、ぼくだって分かってよ、仕事がきついせいばかりじゃないって。いっそ、鳥か魚に生まれかわって、調理されて食べてもらったほうがいいのかな。お母さん、以前言ってたよね、ぼくは長いことお母さんのおなかの中で栄養もらってたって。それって、ぼく、お母さんを食べてたことにならない？　お母さんを食べてぼくが生まれたのなら、ぼくが死んだらぼくを食べてもらいたい、そしたら、恩返しにならない？　それとも、おあいこ？

母親は小学生の息子の発想についていけなかった。もしかして知的障害、発達障害だろうか。心配になったが口に出せなかった。クラス担当教諭に相談しなかった。誰にも相談できなかった。お宅のお子さん、ちょっと変わってますね、そう近所の人に言われるのさえ苦痛だった。鳥は水辺か森の中、お魚は川の中か海の中にいるものよ、それが自然というものよ、そう幼い子を言いくるめるしかなかった。中学生になってからも、妙なことを口にした。あのね、聞いた話なんだけど、森の中とかで、朽ち果てて倒れた木、あるでしょ、年とりすぎて根っこからばったりとか台風とかで。その木、倒れただけで、死にきってはいないから、そこに鳥たちがやってきて休んだり、虫たちがやってきて少しずつ樹皮を食べたり分解していくんだって。けっこう時間かかるんだ。鳥にとって虫はご馳走なんだって、虫にとって腐りつつある木の外皮や樹液はご馳走なんだって、すごいでしょ。もっとずっと小さい生きものたちも倒れた木に集まってきて、そこに棲みついて食べたり食べられたりするんだって。内部からゆっくり壊れていくんだって。でも、倒木が苔におおわれたり、芽吹くこともあるって。母親は、この子、友達できるだろうか、変わりものとしてイジメの対象にならないかと心配になった。食物連鎖に関心を示すとはいえ胎生と卵生の区別もできない、細菌とウィルスの違いも分からない。学業成績は振るわず、授業では受け答えも下手な息子、クラスに話し相手になってくれる友達もいないようだった。この子は、過酷な競争社会を生き抜く力を身につけられるだろうか。中学一年の夏、サッカー仲間できたよと嬉しそうに言った。スマホ買ってよ、いつでも連絡できるようにしたいんだとねだった。その仲間とやらに殴られ、切りつけられ、失血死した。いったい、どうすれば、翼も鰓ももたない無力の天使を守ってやることなど可能だろうか、この残酷な人間世界で。この子が鳥に生まれかわって森の中で自由に羽ばたき囀る、魚に生まれかわって水中をゆうゆうと泳ぐ、そんな世界に迎えられたらいいと母親はやるせなく空想に身を委ねる。思いっきり声をあげて日が沈むまで夜が明けるまでなりふりかまわず泣けるときがいつか来ればいい。

夜勤シフトが入っている。有給休暇はとれそうもないご時世だ。彼女は頭を上げ、歩く体勢に身体をもっていく。相互不信にまみれる巷に戻らねばならない。勝ち目がなくともわずかな可能性を信じて戦い続けるほかはないのだ。軽んじられる生命の、何という重さか。肩にのしかかるその重さとともに歩かねばならない、倒れるまでは、立ち上がれなくなるまでは。

窓の外、非情に白くおおわれた空、黒い鳥が翔けりゆく。

第二章　蟲たちの徹夜祭

「苦労には慣れているから」、それが男の口癖だった。「苦労なんかに慣れてはいけません」と面と向かって言ってやりたかったが、いわゆる底辺で生きてきた人を自己表現できるようにもっていくのさえ大変な作業なのであるから、反論は控えねばならない。生活実態を少しずつでも喋れるようにあの手この手で誘導し、生活支援のための書類を準備し、一つ一つ確認しつつ、記入する、記入事項の確認にも時間をかける。読んで聞かせて納得させるが、納得していないかもしれない、文言が響いていないかもしれない。「分からないのでもう一度説明してください」と言うにも勇気が必要なのだ。幼いときから「バカじゃないの、こんなことも分からないなんて」と言われ続けてきた。長い時間をかけて「余計者」意識が醸成される。電話には応答しない。固定電話をもっていないケースが多い。携帯電話ももっていない。付き添いや代理人が同席しなければ署名も契約もできない。外部からの介入を侵入と見なしている。自宅訪問しようにも、無視されたり拒否されたりする。成長過程において人は他者を無視したり拒否することで自分の意志や欲望の所在を表現し相手の顔色を窺いつつ自己なるものをでっちあげていくものであるが、社会的弱者は相手を受動的に無視したり拒否したりして自己表現をする傾向がある。しかし、それは自己表現と言えようか、むしろ自己表現しないことを選択したと言うほうが適切だろう。それは自己判断と言えようか。判断停止と言うべきではないか。気合根性では解決しない。「こうなったのは自己責任ではありませんよ」と言ってきかせても響かない。「誰のせいでもありません」と諦め顔で言い返されたこともあった。「世の中こんなものです、仕方ないです」と力なく呟いた。「自己判断せずに専門家に相談してください」と言われてきた。専門家はどこにいる、じっくり時間をかけてこちらの話を忍耐強く聞いてくれそうな専門家、自分を預けても大丈夫と思わせてくれる専門家は、どこにいる。絶対儲かります、絶対治ります、そう言い抜ける人は詐欺師以外の何ものでもない。「何もしたくない、ただもう楽になればいいんです」、ボソッとそう言った。起き上がるのさえ体力気力が必要だ。顔洗ったり食べたり歯磨きしたり、そんな日常的動作の一つ一つが面倒になる。時間がかかる。それですぐ疲れる。手足を動かし頭も使い目の前に立ちはだかる幾つものハードルを飛び越えねばならないが、ハードルを見ただけできっと転ぶと足がすくむ習性が身につく。普通の生活をするにはハードルが高すぎるし、エネルギーもやたらと使う。体力だけじゃない、ガスや電気だって。エネルギーの無駄遣い、でもエネルギーは補給しなければ枯渇する。戦時のロジスティックス。筋力を失うにつれ、基礎代謝量も低下する。頭を使うことを諦める。ブドウ糖消費は最小限。起き上がるのをやめると腹もへらなくなる。これぞ、どん底省エネ生活、エコモード、地球に優しいライフスタイル。動かさないと動けなくなる。

出来るだけのことはした、精一杯頑張ったと朗らかに自分を認めることは、何と難しいことだろう。「気づいたときにはすでに手の施しようがなかったんです」と白状することだけは避けたかった。


オラもパライソさいくだ。

ここは天国、日がな一日夜もすがら、飲めや歌えやどんちゃん騒ぎ。嬉しいな、楽しいな。こんなご馳走は久しぶり。何ものにも邪魔されず食べ放題、飲み放題。騒いでいるとすぐおなかが空く。おなかいっぱいになったら、吐き出してからまた食べればいい、詰め込めばいい。でも、食べきれないほどのご馳走だ。気門がふさがったらどうしよう。気管が詰まったらどうしよう。でも、垂れ流しなんか気にしない。飢えてくたばるっての、よく聞くけど、食べ過ぎてくたばるって聞いたことない。だって吐くまで喰いまくる機会なんて、そうそうないから。夢中で喰ってると他のこと忘れられて幸せ、へとへとになるまで喰いまくるぞ。

仲間たちが異種の生きものたちも一緒になって、わさわさ集まって来た。ご馳走一人占めはずるいぞ。おまえらだって臭いに刺戟されてやってきたくちだろ。まだまだぎょうさんやって来るかもな。でも、オラたちだけじゃ食べきれないほどのご馳走じゃないか。みんなして楽しもうぜ。でも、長居しているとオラたちの動きを嗅ぎつけて捕食者どもがやってくるかもしれないから、念のため歩哨たてておいたらどうだろ。そうだな、用心するにこしたことないな。一時休戦、持ちかけたらどうだろ。やめとけって。相手を甘く見たらおしまいだ。ぼったくられるぞ。油断大敵、パクリ、一巻の終り。オラたち、食べられたら元も子もない。満腹のオラたち、食われたら大損こく。

タマゴ産みつけようかな、湿度も室温もちょうどいい具合。でも途中で邪魔が入ったり無礼者に食べられたりすること、なくもない。ちゃんと隠れるところ安全なところにたくさん産みつけたい。安心安全第一、蛹化羽化待ちきれない、なにごとにも手間暇時間がかかる。五体満足生存確率は千分の一、それとも万分の一、限りなくゼロに近くても諦めるわけにはいかない。命は貴重だ、大事にしなくちゃ。ご馳走も貴重だ。いつまでも酒盛りどんちゃん騒ぎしていたいな、時が経つなんて知ったことか、なにごとにも限度がある、終りがあるって知ったことか。ここが天国、旅路の果てに辿り着いた約束の地。飲んで食べて歌って踊って果てしなき徹夜祭、いつまでも続きますように。

両隣の住人から苦情があり、まぎれもない異臭を嗅ぎつけた管理人は、地元警察に通報した。担当ソーシャルワーカーにも電話で連絡が来たので、遅ればせながらやってきた。数日間その男の部屋のドアを叩いてなかったのでそれなりの覚悟をしなければならなかった。そして見た。死体の腐敗現場を見た。職業柄これまでも何度か見たことがある、これからも見ることになるだろう。見たことを忘れたい、同時に忘れてはいけない、とも思う。忘れたら、死んだ人はかつて生きていた、笑ったり泣いたり苦しんだりしただろう、それら生きた年月のすべてが無に帰す。無に帰してはいけない、なぜそんな義理人情が生まれてしまうのか。身寄りもなく、我が身の心配すら諦めた多くの人々を見てきた。彼らの薄い影が年々重なって濃度を増してくる。重層化する暗黒の影から逃げ出したくなる日がいつか来るだろう。喜びが他者にも伝わり共有されるように、苦しみも伝染し他者を蝕む。感受性に恵まれすぎるのは危険だ。自己防御を怠ってはならない。

ネズミのみならずゴキブリ、アリ、ハエ、ダニ、ウジなど多種多様な蟲たちもまた、人間たちが遠慮会釈なくどやどや足音たてててやってきて何年も閉めきっていた窓をむりやりこじ開けたので部屋に外気と光線が侵入するや、身の危険を察知し飽くなき宴を仕方なくお開き解散することにした。おおかた、わさわさ音たてて薄暗闇へ退散したが、まだ名残おしそうに、死体のまわりでうろちょろ食べ残り食べカスを漁っている蟲たちもいた。まだ変態前のわが子たちがわんさかうようよいる、置き去りにするのはしのびない。成長を見守れないのか、辛いな。でも、人間どもには死角となる隙間や暗闇にぎょうさんタマゴを産みつけてきたから、また会えるかもしれない。この際、わが身が大事、わが子の将来は運命に任せよう。ときどき様子を見にこよう。餌を運んであげよう。人間どもが立ち去るまで、見つからないように潜んでいてもいい。人間の眼には見えない微生物たちは安泰だ、いいな、まだまだご馳走たっぷり残ってる、内臓の中に棲みつくのっていいな、ぬくぬくやわらかい。食べ甲斐あるだろな。羨ましい。オラもパライソさいくだ。

感傷に浸っている場合ではない。時間は貴重だ。行動しなければならない。ソーシャルワーカーはサージカルマスクに装着しなおし、ゴム手袋をはめた。スマートフォンの動画機能を使って室内全体の現状を把握しようと画面を動かし、惨状場面を拡大し目視した。社会的に認容された尊厳を死者たちに与えねばならない。人間らしく対処をしなければならない。ソーシャルワーカーは警察官に、亡くなった男の医療刑務所での治療歴や出所後の生活状況を手短に伝え、「事件性はないですね」と言われてほっとしてから、スマートフォンで幾つもの関連部署に連絡した。公式の役人言語で幾つもの文書に入力することになるだろう。煩雑なペーパーワークがどんと腰を据えて待ちかまえている。生まれるにせよ生き続けるにせよ死ぬにせよ、人命は味気ない役人言葉や数字において集約集積されることになる。身寄りはいない、所持品もわずか、金銭的価値あるものは見当たらない。遺品と呼べるものも少ない。ソーシャルワーカーとしての権限を逸脱しない枠内で、ことにあたらねばならない。必要書類を提出し、生活保護受給者対象から外すように正規の手続を踏まなければならない。

人生百年と言われて老後に備えることを要請される世の中、老後資金に二千万円は必要と然るべき権威筋に言われて反撥したり心配になったりする人々。事前に自主的にやれることは限られている。既存の制度や施設に依存するほかない、余裕があれば。余裕とは金銭的余裕、それに付随する精神的余裕。「これからは世間さまのお世話になります、よろしくお願いします」と自他ともに認める心性は、弱いのか強いのか。当然とばかりに偉そうに振る舞う人、申し訳なさそうな顔つきをする人。弱さと強さのいかなる配分調合ならば、自尊心を毀損せずに済ませられようか。

家主は補助金ももらって掃除業者に依頼し、腐乱死体で発見された男の部屋をきれいさっぱり消毒してもらい、遺品と呼ぶにも値しないガラクタやゴミも廃棄してもらった。毛髪やフケ、体液や吐瀉物や小動物の排泄物にまみれていた畳も貼り替え、すっかり安全な空室の外観に整えた。何をするにも正式な書類や当局の認可が必要になる。孤独死されても、公的機関なり善意ある協力者の支援や援助がなければ、なにごとも前に進まない。異臭もなくなった。といって、誰も住まなくなった家屋や部屋はやがて疲れ衰える、運動習慣や栄養摂取を気にかけないグーダラ人間のように。事故物件扱いされると借り手がつかなくなる。しかし、憲法も認める健康で文化的な生活の保障に協力し、寄る辺ない社会的弱者を収容する場を提供しているという点では社会貢献しているのである。家主は貢献という文言に自分の存在価値を見出す、慰められる。家主が所有する物件には、今回衰弱死した男と同様、最低限の文化的生活に浴する底辺困窮者がまだ数人、居ついている。彼らに同じような死に方をされては困る。家主は納税者として、公務員たちにしっかり仕事をしてもらいたい。「さらなるスピード感をもって国民のために誠心誠意奉仕します」と偉い国会議員さんが国会か選挙演説会場かで演説ぶっていた。何度も聞いたことがある。ご立派な方々だ。議員さんたち、弁護士さんたち、立派なバッジを見せつけているだけのことはある。是非とも庶民のため、真面目な納税者たちのため、偉いバッジに見合った働きをしてもらいたいもんだ。今後ともよろしくお願いします。

死者は四十九日の間、線香の煙しか食することができず、いつも腹ペコ、そのあとやっと成仏できるとか、ほんとうだろうか。五臓六腑とは縁が切れても腹ペコなんて、飢餓地獄。聞きかじりの知識ばかり。すっかり忘れていた半端な知識がときどきフッと思い出される。あてにならない。きっと、ご立派な専門書とか経典とかのどこかに正式な供養の仕方が書かれてるんだろう。世の中、大多数の人は日々の生活に追われているうちにくたばる。目の前にやっつけ仕事が積み重なっていく。難しい本を読んでいる暇はない。盆になると祖先霊たちが現世に一時的に帰還するので、出迎えて供養しなければならないとか、ほんとうだろうか。死んだ後までも子孫の生活ぶりが気にかかるのか、どやしつけてやりたくて戻って来るのか、ともかくおもてなしをしてから、帰ってもらうことにする。あっちのほうで、おとなしくしていられないものか。往生安楽、極楽浄土。子どもの頃言い聞かされたことがいつまでも記憶にへばりついたまま剥れないこと、よくある。一寸の虫にも五分の魂、あやしの虫けらどもさえ。ときの中央権力に楯ついて非業の死をとげた大物が怨霊となって都に跳梁すると、それを鎮めるための大がかりな儀式がお偉方によって執り行われたり神仏に奉られたりする。調伏と祈禱。死にきる、絶対的な無に帰するということは現象界にはないらしい。何かが残る、何かが生き続ける、そういうことだ。どうやら現世は貪欲な亡者たちに取り憑かれているらしい。肉眼で捉えきれずとも、ゴキブリのように暗がりで徘徊している。かつて見た施餓鬼会図に描かれていたやせ細り骨と皮ばかりになった餓鬼の集団、腹だけは膨れていた。焼香も香典も届かないらしい。盂蘭盆、施餓鬼会、共有され公認された儀式儀礼がおもてなしだとさ。ご馳走のにおいを嗅ぎつけて、どこともしれぬところから餓鬼どもはよろよろうようよやってくる。

護摩はもともと神々への供養、香木を焚いてお供え。神さまもおなか空くのか。穢れなき神さまも浄火で温まるのか。でも生者は香木の煙を我が身に纏いつかせようと体をよじる、まるでその行為で邪気を祓うかのように。おこぼれにあずかる。ちょいとご相伴。

胞子たち、菌糸たち、秘かに静かに増殖発育できて羨ましいかぎり。見習いたいところだ。アリを喰うアリクイは、くたばるとアリに喰われる。自業自得、おあいこだ、ざまあみろ。いい気になっているのも今のうちだけだぞ。覚悟しとけよ。捨て台詞、どうしても吐かずにはいられない。いつまでも意地汚く意地を張る。約束の地がすぐそこにある。明日があるってことよ。諦めるな。オラもパライソさいくだ。

第三章　捧げもの

銃弾が四方八方からとびかい悲鳴があがり逃げ惑う人々の足音が鳴り響く殺戮の巷から命からがら走って逃げて川堤までやっと辿り着いた何人かの市民たちは、目の前に武装集団が銃を構えて待っているのに気づく。霧はますます濃くなる。がっくり膝をつきうなだれる市民たち数人を取り囲む武装集団、そのリーダーらしき重武装の軍人は彼らに銃口を向けながら、「神さまからいただいたものは神さまに返せ」と言い放つ。霧が立ち込める中、銃声がすさまじく鳴り響く。ずいぶん前に観たある映画の一場面が忘れられない。内戦か部族抗争か宗教絡み、どんなストーリーだったのか詳細は忘れた。

親はキリスト教系幼稚園にわたしを放り込んだ。幼いときからキリストの磔刑図を見て育った。子ども心に不思議だった、神のみ子として崇められる人がどうしてイバラの冠を無理やり被せられ十字架を背負い、しゃれこうべという名の丘で、手足に釘を打たれて処刑されたのか。神さまは罪なきものの流血がお好きなのか。罪なきものは、神さまからいただいた命をお返しすることに躊躇いはないのか。神のみ子とて「なぜ、わたしを見捨てるのか」と抗議していなかったか。神のみ子を人間ごときが処刑したことを口実に、神さまは人類全体に天罰を下して復讐することにしたのか。でも、キリストは全人類の罪を背負って死んだ、とも聞かされた。すると、キリストの磔刑後には、全人類が贖われたことになる。一人の無辜の死をもって全人類を救済するとは、なんと途轍もないバランスだ。人間一人の命は地球と同じくらい重いと昔見かけたあるポスターの標語にあった。地球は何億もの人口の重みに悲鳴をあげているだろう。いや逆に人間の命が軽すぎて、何億人いようとへっちゃらかもしれない。全知全能の神さまならば、わが子をいったん死なせてから復活させるのもおちゃのこさいさい。復活させるってことは、もといた世界に戻らされるってことか。ラザロの場合はそうだった。イサクの供犠の場面では、神さまは子殺しを中断させた。神さま自らアブラハムに息子の殺害を命じておきながら前言撤回。人間は神への全幅の信頼、全面的献身を試される。神さまには何でも可能なのだ。はっきりしているのは、神さまは罪に穢れない善人を無条件に愛されるということだ。そう教えられてきた。悪人の穢れきった流血など、見たくもないだろう。なぜ悪人はこの世界でのさばるのか、地獄に落ちて永遠に苦しむがいいのに。地獄でなら永遠に苦しむ命が約束されるのだ。あるいは悪人同士殺しあえばいい、共喰いすればいい。誰もが、神さまさえも、すっきりさばさばするだろう。世界中の悪人どもが一瞬にして一挙に全員くたばればいい。そんな爽やかな世界はいつか来るだろうか。無理だろうな。この世界はじたばたうだうだ続く。この世界が地獄なら善人の居場所ではない。善人にのみ、天国の扉が開かれる。天国に行くには汚辱にみちたこの世界とおさらばしなければならない。この世界は災いや悪行に満ちあふれ善人が住むにはふさわしくない。未練なく天国に行けるはずだ。

どうして神さまはこんな世界を作ったのだろう。長い間ずっと考えてきたが答えがいまだ見つからない。「人類の祖先が原罪を犯したから」と教えられた。ならば、汝らは原罪を犯したと神さまに宣告されたときに、それを死刑宣告と受け取って人類の祖先はさっさと自殺したらよかったのに。その場しのぎに悔悟を装ったのか。罪人たちが「産めよ増やせよ地に満ちよ」のお題目に従ったなんて、リンゴ食べるよりたちが悪い。罪人増やしてどうすんだ。知恵の実を食べたことが原罪にあたるなら、中途半端な知恵のおこぼれに与っただけになる。現存する生物種の中で、自殺と避妊を自主的に選択できるのは人類ただ一種に限られる。自主性なき祖先なんて、侮蔑の対象以外ではない。それにしても、この世界に罪人や悪人がうようよしているのを放置している神さまの気がしれない。来るべき日のために、何か宇宙的に壮大な意図をお持ちなのだろうか。もしかして誰が善人で誰が悪人か試しに生命を与えてみてから、その試験に合格と見極めたら、さっさと善人だけ本来の棲み家である天国に連れ去るおつもりかもしれない。わたしたちは試みに回転する独楽、予期せぬときにばったり倒れておしまい。神のみ心は計り知れない。円周があっても中心はない、いや、中心だらけで円周がない、どっちだっけ、忘れた。ユークリッド幾何学はお手上げだ。善人にあふれ争いのない約束の地に行きたいものだ。永遠の命、みくには称えてあれ。

わたしが生きるにふさわしい世界とは何だろう。わたしにとって人生の目的とは何だろう。親の年金にいつまでも衣食住を頼ってはいられない。子どもの頃からよく「将来は何になりたいの」と親や教師など大人たちからしつこく訊ねられてきた。将来なんてはるか遠い、天国のように遠い、当時はそう思っていた。まさかこんな人生になろうとは思いもよらなかったのだ。子ども時代はほんとうにあったのか、わたしにも。戦隊ヒーローに憧れていた頃か。特権的に選ばれて特殊能力を賦与されハイテク武器を駆使し、悪者をやっつける、地球を救う、宇宙を救う、そんなストーリーだった。テレビを見なくなって久しい。掬えない水があるように、救えない魂もある。ごろごろしている。

突然、インスピレーションが冷酷な黒い空からわたしの頭上に落ちてきた。衝突。わたしには罪に穢れぬ血が必要だ。わたしは永らく引き籠り、バビロンの如き頽廃都市の拝金主義者どもが害虫のように蠢く競争社会から離れてきたから、罪に穢れている度合いは相対的に少ないはずだが、穢れなき血の洗礼を受ければ、わたしはさらに清浄になれるだろう。天国へ続く階段をのぼれるかもしれない。無辜の血はどこにあるのだろう。この穢れきった世界にまだわずかなりとも残っているだろうか、神さまが捧げものとして受け取ってくださる聖なる血が。親から子へと遺伝し悪循環にはまる命ではなく、誰でもがその流血を嘆き悲しみ天国での憂いなき安楽を願わずにいられないほど惜しまれる命が。神さまへの贈りものにふさわしい極上の血、貞節、清貧、服従を信条とする稀なる美しき血を流せる人間は、どこを探せば見つかるのだろう。

わたしは窓のカーテンを少し開け、その隙間から電灯の頼りなげな照明で照らされる電柱近辺を見おろした。どうやらゴキブリ通行人たちはもううろうろしていないようだ。これなら公園まで散歩してもいい。何夜ぶりだろう、外に出るのは。ポケットにサバイバルナイフを忍ばせた。自衛するまでだ。フード付きの黒いジャケットをまとい、マスクを装着した。静かな夜だ。でも、自転車のライトと音には気をつけねばならない。交番勤務の警察官が律儀なのか単なる習性か、偉そうに巡回などと称して徘徊しているかもしれない。交番にじっとしておればいいものを。また、監視カメラがあちこち仕掛けられているから、それにも注意だ。世の中には、監視カメラが守ってくれると信じこみたい愚か者が少なくない。おまえは見張られているからいい気になるなとメッセージを送っているだけなのに。事後的に事件や事故の証拠固めに使われるだけのことだ。いつどこで盗撮盗聴されてるか分かったもんじゃない。安心安全な社会の構築を目指すという麗しい大義名分のもとで個人データを大量デジタル集積、情報のダダ漏れ。ハッカーの思うつぼだ。頭脳優秀で下劣な人間は、自分の能力を最大限に発揮できるなら、時間と情熱を惜しまない。投資も惜しまない。デジタル情報はどれほど美味しい餌食だろうか。

「みんな同じなんだなあと思うと、元気が出る」、細い歩道を歩いていると、すれ違いざま、向かいからやって来た若い女の声が偶然聞こえた。スマートフォンで家族か友人と喋っているらしい、「これから帰るからね」という声も後方から聞こえた。彼女は見えないが存在するらしい人と喋りながら、終電間近な駅の方へと歩いていった。振り返りもしない。すれ違うわたしの姿は、彼女の眼には映らなかっただろう。わたしなど存在しないも同然なのだ。見ず知らずの無神経な女に憎しみが沸いた。自分を普通の人間、人並に生活している、頑張っている、きっとそんな自己正当化に明け暮れてこれまで生きてきたのだろう。神さまなら吐き気を催すだろう不味そうな女、化粧してちゃらちゃらした服を着ていた。人工合成化合物を取り込み加工品に囲まれた不潔な生活。きっと流行の服なんだろう、とっても似合ってる、可愛いだのステキだの高かったんでしょとか言われていい気になってやがる、俗物が。同年代の友人や知らない女とも自分を比べていい気になっていやがる、わたしの方がまだマシ、みんなも辛いんだからわたしも我慢しなくちゃ、とかなんとか自分に言い聞かせてきたのだろう。社会や親、お偉方が敷いたレールを脱線しないようにに頑張ってご立派な納税者になったのだろう。「普通」をふりまわす同調ファシストども。神さまへの捧げものにはふさわしくないアバズレ。早いとこ、ろくでなしの情婦にでもなって、身を落とすがいい。それが相場だ。モノ好きな男ってどこにでもいるもんだ。きっと、まわりのお友達にお似合いの二人ねって言われる。同類のクズがより集まって楽しくホームパーティに明け暮れる。不要不急の外出自粛要請なんてどこ吹く風。

中学生になってから、自分よりバカだと思っていた同級生たちが変わっていくさまを横目に見ながら不快感と劣等感にさいなまれた。小学生の頃はわたしのほうが勉強もできたし運動でもひけをとることはなかった。なのに、中学生になってから、同級生たちは身長も伸びたし体重も増えた、筋肉もついてきた、声変わりした。わたしはいつも遅れをとっていた。塾に通ったり試験直前になるとガリ勉する同級生たちにウンザリした。「努力するなんてバカのすることだ」とある同級生に言ったとき、イヤな顔をされた。気心知れていると思ってたのにそうじゃなかったのだ。小学生の頃は一緒に秘密基地を作ったりして、一生の友達だよって言ってくれたのに、もう忘れたのか。こいつとは金輪際口きいてやんないと決めた。廊下を歩いていたとき、すれ違ってすぐ、つるんでいるブサイク女子グループのクスクス笑いが後方から聞こえてきた。きっとわたしのことをバカにしているんだろう、脂肪の塊のくせして。わたしを見る教師たちの目つきが変わって来たのにも気づいた。以前のようには目をかけてくれなくなった。だんだん学校に行く気がなくなった。絶対に行きたくないと暴れて壁やドアをドンドン叩いて脅したので、親も諦めた。包丁持ち出さなかっただけでもまだマシとでも思ったのか。小学生のときもそうだったが、中学でも卒業が近づくと卒業文集に将来の夢やら何やら書かされる。廃棄されることなく学校に保管されることになる。一生の恥だ。「昔、あんたはこういうこと書いてたんだよ、覚えてる?」と思い出語りに利用されるのは堪らない。とりあえず三流高校を受験し合格したから入学したものの、通学はしなかった。高校の名を出すのも恥ずかしかった。カスの集まり。カスはカスなりに集まりたがる。暗号めいた短い言葉を交換して仲間意識をでっちあげる。醜悪だ。愚劣さに染まるのはご免だ。同窓会名簿のせいで、みんなで集まらないかとのお誘いが何年に一遍か来るが無視した。誰にも会いたくない。むさくるしい中年どもが集まり、近況を話したり昔を懐かしがったりするなんて気持ち悪いことこの上ない。問題はわたしが相変わらず同じ住所に親と同居していることだ。それで、同窓会の連絡が来る。書面の場合は完全無視。電話が来ようと何が来ようとわたしは不在であると応対してくれ、と親にメモを渡した。そうだ、昨夜、わたしの部屋の外に置かれていた夕食の盆にメモがあった。親が先日受診した検査の診断結果についてひとこと書かれてあった。「これから先、手術や治療で費用もかさむので、あまり頼らないでくれ」とあった。これまで何を頼ってきたというのか。わたしをこの世界に産み落とした責任をとってもらっている程度に頼っているだけじゃないか。昔のことを思い出すのは精神衛生上よろしくないが、静かな夜を歩いているとどうしても昔のことを思い出してしまうのだ。歩きスマホするほど身を落としたくない。それに、スマホ使用料の件でまた親から文句を言われたくない。夜を歩く、そういえば長いこと朝を歩いていない。

河川敷方面まで足をのばそうと思ったが、川沿いの草叢で少年らしき数人が何か揉めている様子、暇つぶしのケンカかもしれない。いきがるしか能がない出来損ないの未成年。脳みそで考える習慣がないぶんだけカロリーは蓄積され、筋肉はエネルギー使い放題、すぐ手を出す、足蹴りする。内臓脂肪がついてないぶんだけ動作が早い。奴隷にして足枷つけて強制労働させれば儲かるだろう。いや、搾取するにも値しないか。こんなやつらにも税金が使われる。生まれてきたこと自体、間違いだったんだから、さっさと殺しあってくたばればいい、共喰いすればいい。残念ながらわたしは商売には向かない。金儲けするには口八丁手八丁、他人を操る能力が備わっていなければならないが、わたしは競いあいたくない。わたしは他人と接触したくない、汚染されたくない。わたしが求めるのは穢れなき血、この世界に産まれ落ちた災厄を贖ってくれるはずの聖なる血だ。愚劣な少年たちの愚行に巻き込まれたくない。暇つぶしに言いがかりをつけられるかもしれない。それで、家に戻ることにした。

みんな同じなんかじゃない。絶対。中学生ぐらいから、何か誰かに近づこうとすると見えない板に阻まれるようになった。ガラス板、アクリル板のような抵抗にぶつかって前に進めなかった。その透明な板のようなものを打ち破らないかぎり、神さまに愛される完全無垢の人に近づくことさえできないだろう。

歩いていると、嘘ばかりつく政治家どもへの憎しみが沸いてきた。嘘ばかり、忖度ばかり、仲間内でなら庶民に押しつけているルールを平然と無視する。「まことに遺憾であります」だの「充分反省してこれからは国民のため粉骨砕身、全身全霊で頑張ります」だの「その件につきましては、コメントは差し控えさせていただきます」だの、大盤振る舞い。

こいつらに霊だの魂だのあるもんか。悪魔だって願い下げだ。擦り切れた紋切型を連発してその場しのぎをする政治家どもも、罵詈雑言吐きあい殴りあい自滅すればいいのに。でも、自滅しないだろう。罪人どもは拡大再生産される、地球をゴミだらけにする。選んだほうが悪いって反論されるか。そういや選挙に行ったことなかった。地元の小学校が選挙会場だから行きたくなかった。通知の封書、見るだけでも吐き気がした。時事ニュースに気を奪われると腹立つことばかり。身がもたない。回避不可能な巨大隕石でも地球に落下すれば、さばさばするだろう。神さまの出番なし。みくには永遠なれ。

ふと、キリスト教系幼稚園行きスクールバス停に気づいた。わたしが同名の幼稚園に通っていた大昔、ここにバス停はなかった。歩道を並んで歩く園児たちの安全のため、車道と少し離れたところにわざわざスクールバス停を移動したらしい。登下校時間帯には、信号機の近くで子どもたちが安全に横断歩道を渡れるように、善意のオバサンやオジサンが黄色い旗を掲げて走行車輌に注意喚起しているだろう、まあ、善意かどうか分かったもんじゃないが。社会奉仕したがっているだけ。奉仕か、そういう言葉にわたしたちはとても弱い。無私の奉仕、見返りを期待しない慈善事業、一方的な献身。誰でも宗教的響きに弱い。わたしもそうだ。キリスト教系幼稚園に通っていた頃は幸せだったな、遠い記憶だからそう思えるだけかもしれないが。あの頃は自分の周りに穢れた人間や愚劣な大人がダニやゴキブリみたいにうようよいるなんて思いもしなかった。そうだ、幼稚園や保育所にいる子どもたちは穢れてはいない、大人が守ってくれると信じて用心しない。「カブトムシあげるからうちにおいでよ」と言われて疑いもなくついてくる子ども、「お母さん急病だって、急いで一緒に病院行こう」、それを信じて見ず知らずの人の車に乗ってしまうくらい無垢だ。神さまは子どもの血なら、神さまに捧げるにふさわしい贈りものとして受け取ってくださるだろうか。疑うことを知らない穢れなき子どもに近づきたい。そうすれば、神さまにも近づける。

わたしは窓を開け、久しぶりに朝日を室内に入れた。眩しさにいらつき、すぐカーテンで窓を隙間なく覆った。わたしは決意した。わたしが崇める神さまに、とっておきの贈りものをすることに決めたのだ。ここ数夜ずっと考えていたことをいよいよ実行に移すことにした。実行するにはいい日和だ。白い服に着換えた。帽子を被りサングラスをかけマスクを装着し、上着ポケットにはサバイバルナイフを忍ばせた。ドアを開けるといつものように朝食の盆が置いてあった。わたしが完全夜型生活をしていると承知しているのに、親は律儀に朝食を準備する。親としてやれることはやりましたと思いたがっているのだ。家を出て、かつてわたしが通った幼稚園へと園児を乗せるためのバス停に向かった。ゆっくりと歩いた。久しぶりに自然光を浴びたせいか方向感覚が狂いそうになったので、軌道修正を何度かした。やっと目的のバス停が見えてきた。何人か付き添いの若い親たちが我が子の手を握って、バスに乗り込む順番を待っている。一人きりで待っている子どもも何人かいる。わたしは最後尾に一人きりで待っている子どもの背中へと近づく。その小さな背中に、遮蔽する通学カバンやバッグは被さっていない。斜めにかけている。突然、目の前に透明板が出現しわたしにぶつかりそうになったので、わたしはサングラスを外し、サバイバルナイフをポケットから取り出して両手でしっかり握り、勢いよく全力を込めて透明板に突き立て、ひび割れてまばゆい光線が溢れこぼれる透明板の隙間に突進した。無言のまま、光を浴びる子どもの背中へ向かい、前面少し左側に秘められているはずの心臓を求めて勢いよく光輝くナイフを振り下ろした。永遠の命、みくには称えてあれ。

＊エピグラム五行詩は、作者不詳、一二七〇年頃の作と伝えられる。オックスフォード大学ボドリーアン図書館蔵。グーテンベルク銀河系以前の時代に成立した詩なので、意図せざる誤転写もありうるし、写本手稿を解読しテクスト解釈する際の意図的改変の可能性もある。権威ある学者たちによって権威ある辞書が編まれる以前の時代の五行詩である。単語の発音も綴りも安定していない。多義性は私を魅了する。

　中世英語詩は一般に脚韻を特徴とするが、この五行詩は古英語詩の特徴である頭韻も際立つ。現代英語に試訳すると、

Fowls/birds in the forest/wood,
The fishes in the flood/river,
And I must become mad.
Much sorrow I wake/walk with
For best/beast of bone and blood.

となる。

三行目「のぼせあがり」「狂わんばかり」とあるのは、続く四行目と五行目に「悲しみのあまり目覚め、愛する人を求めて（森や川辺を）うろつく」、あるいは「憂いつつケダモノがのさばる巷へと（森や川辺をあとにして）向かう」からである。

第一章の黒い鳥は、Sufjan Stevens, 'The Mystery of Love' の一節、How much sorrow must I take, Blackbird on my shoulder からの流用である。第二章の徹夜祭とは、アイルランドの通夜（wake）の風習に因む。死体を取り巻いて、徹夜で友人知人親族などが飲み食いする通夜である。ジェイムズ・ジョイスの『フィネガンズ・ウェイク』にもあるように、ウェイクとは通夜、寝ずの番、目覚め、復活、航跡である。「オラもパライソさいくだ」は、諸星大二郎の漫画「生命の木」（1976;『妖怪ハンター』所収）にあるお気に入りの台詞、「おらといっしょにぱらいそさいくだ!!」に由来する。呼びかけられている烏合の衆は、知恵の実ではなく生命の実を食べたばかりに、不可逆的に痴呆化老衰と不死性に呪われた人類である。一時期、私は『暗黒神話』、『孔子暗黒伝』、『マッドメン』にかなり熱をあげていた。第三章冒頭で言及される映画は、旧ユーゴ紛争を主題とするテオ・アンゲロプロス監督作品のはずであるが、私の記憶の中ではマイケル・ウィンターボトム監督作品と、幾つかの映像画面が重なってしまっている。

唯我独尊の人物、その価値観、その心性に関心があった。漫画版『風の谷のナウシカ』（全七巻、徳間書店刊）の愛読者である私は、忌み嫌われる王蟲や外貌おぞましき巨神兵とともに戦う満身創痍の虫愛づる姫君、ナウシカが一人崖縁に坐り込み、「こんなに世界は美しいのに、こんなに世界は輝いているのに……」と慨嘆する場面（第五巻、八八頁）がとても気に入っている。

タイトル「のちから」は、「○の力」から○を抜き、ゼロの可能性と全能への憧憬を込めたつもりではあるが、また、フロイトの概念「事後性」の連想もある。

子子の子

第一章　ワンニャンドラコ

「一日入院することになります。」

　手術前、事前に執刀医からそう聞いていたのに、今更また言われて実感がわいてきた。人間に飼われて一緒に暮らすとなれば、ペットに不妊去勢手術を施すことは、良識ある飼主の責務である。当然ながら、飼犬飼猫から署名済み同意書はもらっていない。人間の言葉が通じていたら同意しただろうか。模範的市民としての飼主の務めとは、むやみに命を無駄にしないために飼えるペット数を限定しご近所に迷惑をかけないように気を遣い、社会的に認容されている範囲内で小動物を愛玩しその一生を全うさせてやること、生命サイクルが人間とは異なる生物種の命を粗末にせず、全面的に面倒をみてやることである。

わたしが偶然入手した「保護猫活動」リーフレットによれば、屋外の過酷な環境で生きる猫が保護されると保護猫となる。つまり、野良猫が人間の保護下に置かれるのである。保護猫活動のひとつに、無駄な繁殖を抑制するために野良猫を捕獲して不妊去勢手術をして再び元の場所に戻す、というものがある。その意図するところは、複製増殖することなく一代限りの猫生を、地域住民および人間一般の善意に預けるということである。「家族計画」どこ吹く風の野良猫の生殖能力は、人間にとって疎ましい。脅威である。人間の繁殖は人間にとって疎ましくない。人口が増えれば労働力も増える。税収も増える。それは生産力と消費力双方の増大を意味する「人類の繁栄」である。次世代遺伝子複製にこだわる夫婦にとって不妊は治療対象であり、医療制度の枠内に収まっている。自国の人口漸減近未来予想や生産人口減少は、国家にとって由々しい事態である。現在、一種類の人類（ホモ・サピエンス）が地球上に億単位で増殖中であるが、さらに宇宙のどこかに存在するかもしれぬ人類生存可能性ある別の惑星への移住や入植も、未来プロジェクトに展望されている。人間にとって人類の繁殖と繁栄だけは無駄ではないのである。（とはいえ、人間は自らの意志で自殺や人工中絶を選ぶこともできる。それは、選択の自由と呼べようか。）

人間の管理下に入る野生種はもはや野生種とは呼ばれない。移動範囲も生殖活動も制限される。（責任を伴う自由とは、人間に特有の概念、理性的人間の発明なのかもしれない。）生殖能力をひとたび奪われれば、そのあとたとえ元の場所に戻されたところで自己複製の可能性はゼロである。保護下に入らないと絶滅に瀕しやすい生物種も存在する。（絶滅危惧種という用語が流通している。）商業目的で十九世紀に乱獲されたクジラ、ゾウ、アザラシ等の大型野生動物を思い浮かべるだけでいい。高い殺傷能力の武器を振りまわしカネ儲けをして豊かな暮らしをしたいという余りに人間的な欲望は際限を知らない。保護対象とされると、たとえ生殖活動を制限されなくとも監視される。保護対象とされるシカが増えすぎて人間の生活環境に害を及ぼすという例もある。ペットにされると人間化する。水族館でイルカのショーを見るとき、イルカの知能が人間のお気に召したのかと思いつつも、躾けられたイルカとトレーナーとの信頼関係を羨ましくも想像してみるのである。相互的信頼関係は高度な脳が作りだす。実験用ラット、マウスには感情移入しづらい。鳥インフルエンザを理由に何万羽のニワトリが殺処分されたところで、その行政処分を不当として訴えることがあろうか。一万年以上前に農耕牧畜を開始して以来、人類が飼い慣らし選別し品種改良し食用動物タンパクとして利用してきた生物種は動物愛護の対象外におかれる。とはいえ、レヴィ記にも記述されているように、わたしたちは汚穢と禁忌、ハレとケ、食べてよいものと食べてはいけないもの、四足動物とそうでない動物、その他、世にある何でも区別し選別し意味づける生き物ではある。文明黎明期からこのかた、女に限定される経血や産褥にまつわる穢れ、動物屠殺や人間殺害に由来する穢れ、穢れと意味づけられても儀礼儀式で穢れは祓われるとわれわれは信じることにしてきた。

猟犬、牧羊犬、警察犬、盲導犬、麻薬犬——犬はどれほど人間に役立つ種として人類の社会生活圏でこれまで働いてきたことか。体長、体重、外見、能力——犬は多種多様である。犬種は四百から八百種以上あると聞いたことがある。犬だけではない。人間はどれほどの時間と熱意を傾注し利益を見通し見越し植物のみならず動物の品種改良を重ねてきたことか。特に、サラブレッドの種馬や霜ふり牛の人工的交配は巨大ビジネスである。犬のブリーディングは職種として成立している。わたしは東トルコ旅行中に、猫の繁殖を管理している施設を訪れたことがある。瞳の色が際立つ種を絶やさないことがこのいわば保護施設設立の目的であるという。つまり希少種への人間的執着と審美観ゆえに、突然変異の賜物を「自然淘汰」から保護するのである。犬に比べると猫は人間の都合にあわせる気はないように見えるとはいえ、人に癒しを与えてくれるとの触れ込みでネコカフェが存在するように、通行人の絶えない駅入口の歩道橋の片隅で、ヴォランティアらしき人が温厚そうな大型犬を傍に坐らせている情景を何度か目撃したことがある。おとなしそうにかしこまっている。ご自由に触ってください、そんな文言が書かれたボードも脇に添えられている。人間が触れようと近づくとすぐ身をかわしすり抜ける猫とは違って、犬は付き添いの人間の意向に従順である。上下関係、主従関係を重んじているのだ。人見知りしない犬もよく見かける。

かつて野犬が街をうろついていた時代があった。かつて狂犬病が恐れられていた時代があった。保健所に収容され殺処分されることもあった。今では朝に夕に小型犬を散歩させる人を歩道や公園でよく見かける。飼主同士で、傍らに飼犬を遊ばせて、会話している姿もよく見かける。共通の話題に事欠かないようである。胴部を覆う衣服やレインコートを着用させられている犬も見かける。専門業者がいるのだろう。一点もの、オートクチュール、高くつきそうだ。飼主自ら採寸してお手製というケースもあるだろう。いくら大事にしても大事にしすぎることはない。飼主と飼犬とでは生命サイクルが違うからどうせ先立たれてしまうのだ。（飼主に突然先立たれた犬猫は、飼主の不在をどう受け入れるのだろう。）ペットを失うことは親を失うことより辛いと言った人がいた。あんた、どんな親に育てられたのとツッコミを入れたくなる。ところで、猫に服を着させている飼主もいるのだろうか。室内で飼っているかぎりは、飼主と同じ室温で我慢しているか、日向ぼっこか日当たりのいい場所に移動したり奥に引っ込む。その毛並み、毛艶、近寄ると、遠ざかる。庭付き一戸建ては理想の環境だろう。隅っこがいくらでもある。室内猫には、猫用遊具を設置して遊ばせる。いつのまにか近寄ってきて、額でスリスリしてくれることもたまにはある。柔らかな毛並みを触らせてくれる。こちらが差し出した人差し指に、鼻先を向けることもある。戸外ではどんな危険が潜んでいるか、想像もできない。室内か一戸建ての庭のなかで遊んでいてほしいものだ。猫用外出着は商売になりそうもない。

信頼できる情報とは言い難いが、平安時代、貴族は猫に紐をつけてペットにしたという。

時代くだって江戸時代、猫は放し飼いにされた。ネズミ駆除のためである。猫がネズミを摑まえ動物タンパク源として摂取し、人間の生活環境改善に貢献していた時代である。

豊かな暮らしを志向する人が住むところは、カラスにとってもネズミにとっても繁殖しやすい環境だろう。より高カロリーのご馳走に目が眩んで、生存本能の嗅覚ゆえに鼻孔を脹らませて、ネズミたちは貧民窟や港の倉庫内から富裕階級住宅区域にも引っ越す。海でも山でもモノともしない生まれながらの越境種である。泥の河、地下水道、暗渠、ゴミ集積場、夢の島。増殖できるルートはいくらでもいつでも確保可能である。

「人間て、突然いなくなっちゃうね。」もう何年も前、ある友人がそう言ったことを思い出した。猫だってそうだ。突然いなくなっちゃう、どこかに出かけたまんま戻ってこない。事故に遭ったのか、それとも、うちよりもっと気に入った家が見つかってそっちに居ついてしまったのか。逆のケースもある。突然、現れる。どこからともなく突然、現れる。それに気づいて無視できなくなる。ここが気に入ったらずっといてもいいよ。思う心が一方的に生まれてしまう。どんな脳みそ、もってんの。想像力をかきたてられる。表情を読みとり行動を予測したくなる。鳴き声を真似して、仲間だよ、信用しても大丈夫だよと思わせたい。

ドラコは突然、わが家の庭に現れた。鳴き声が聞こえた。姿を確認した。いなくなった。また現れた。うちの広い庭が気に入ったようだ。それで餌を与えるようになった。遠くから餌に近づく様子を見守った。特に感謝しているわけでもなさそうだが、こちらとしては邪険に扱うことはためらわれた。そのうち屋内に入ることにも慣れたらしい。わが家の日常風景に融けこんでいった。離れの父の工房で見かけることもあったし、母が料理する台所でうろうろすることもあった。わたしがクラブ合宿から戻ったとき、夜、わたしの枕元に坐っていたこともあったので、そのときは蒲団の中に入れてやったが、朝方、気がつくとそこに姿はなかった。そもそも好かれているのかどうかさえ、判断できなかった。何年かしてわたしが東京の学校に進学してから、実家に電話をかけるとき、雑談のついでに母や妹に、ドラコどうしている、と尋ねることがよくあったのだが、たいていは、元気みたい、という返事が返ってきた。定期的に餌を食べにくるのだが、かといって家の中でじっといるわけではないらしい。自由にさせてやるというのが、わが家の基本方針である。ひとたび敷地外に出れば、数えきれない危険に曝される。自由に危険はつきものである。

人間も突然いなくなる。かつて「人間蒸発」という言葉が流行したことがあった。高度経済成長の時代が終りに近づきつつあった頃だろう。蒸発するのは人間、といっても当時話題となったのは、働き盛りのサラリーマンのケースであって、今のように認知能力低下ながら歩行能力はそれほど低下していない高齢老人が家人の知らぬ間に彷徨して行方知れずになって、慌てた家人が管轄署に連絡するというケースではない。「一家の大黒柱」とされた男が行方知れずとなり、身内が警察に届け出を出すことになったのである。家出人ではなく人間蒸発という文言がマスメディアで踊った。何らかの情痴絡みではなく、仕事上のあるいは家庭内のもやもやが原因とされることもあったようだ。駈け落ち、出奔、失踪ではなく、蒸発。人体に占める液体パーセンテージはかなり高いとはいえ、人体蒸発は難しい。硫酸や塩酸をぶちまけようと、電子レンジでチンしようと、そう簡単には消えない。人間と蒸発を組み合わせて時事的な「人間蒸発」現象を思いつくとは、犯罪者でなければ詩人の感性であろう。家出は男女別なく年齢別なく使われるが、社会問題あるいは社会現象としてニュースヴァリューが生じるのは、青少年の家出である。青少年は社会的保護対象であるからだ。プチ家出という文言は、何故か軽く響く。プチという音感とその意味のせいであろう。行方不明の犬猫については、以前、写真付きで「捜してます、見つけたらご連絡ください」といった類の文書が電柱や塀に貼ってあるのを見かけたことがあった。もう見かけなくなった。管理が行き届くようになったと推測される。とはいえ、身代金目的で金持ち有名人の自宅から飼犬が盗まれるケースは今もある。(わたしはエリザベス・バレットの飼犬誘拐事件、それを元にしたヴァージニア・ウルフの小説『フラッシュ』を思い出す。) 家族として一緒に暮らす、最後までずっと一緒だよ、そう言い聞かせる。男は裏切っても筋肉は裏切らない。人は嘘をつくが犬は嘘をつけない。犬には、友人知人親族家族にとうてい期待できない信頼を期待する。猫には、制限区域内での行動の自由を与える。

「グレコだいじょうぶか？」

手術後、麻酔から目覚めた従兄の第一声がそれだったので、わたしたち親戚一同は驚きと戸惑いを隠せなかった。

「ちゃんとうちに食べに来てるよ」とわたしは応えた。従兄の声を耳にするのは何年ぶりだろう。退院したあとも定期的に脳の精密検査を受けなければならないと担当医師からわたしたちは聞かされていた。離婚して一人暮らしだった。母は天麩羅を大量に揚げすぎたときには（実は、毎回揚げすぎるのである）、この母方甥の家に天麩羅を届けに行くこともあったらしい。一人暮らしの男は短命になりがちであると統計は示している。「でも、天麩羅は高カロリーじゃないの」とわが妹は言った。子どもの頃は、お兄ちゃん、お兄ちゃん、と呼んでついてまわって、わたしたちはよく一緒に遊んでいた。あらゆることはいつか過ぎ去っていく。何かの拍子に記憶の断片が浮上する。だだっ広い家、襖を何枚も横に広げていくと畳の部屋が幾つも先に続く。障子を開け廊下に出てから、さらに板戸を開けていく。空気の動きと光の温もりが皮膚を射す。家人の誰かが縁側から中庭に出て池の鯉に餌をやっていた、植木職人を呼んで植栽してもらった。敷地内で叔父や叔母も同居していた頃のことだ。夏は蚊帳と蚊取り線香、冬は土間の台所から暖かい蒸気、そんな断片的映像がなお残っている。その後、実家の敷地は切り分けられた。ご多分にもれず、相続税が重くのしかかってきたらしい。

グレコは亡き父がレコードで愛聴していたシャンソン歌手の名にあやかって命名した名ではないし、童話好きの母のために「ヘンゼルとグレーテル」のグレーテルを選んだわけでもない。いかにも性格悪そうでグレてるからと名づけたわけでもない。もともとグレースだったのだ、それが通称グレコとなった。うちで生まれたうちの猫なのに隣家に住んでいる従兄の家になついてしまった猫なのだ。早々と育児放棄した母猫と折り合いが悪かったせいか、うちの家族に馴染まなかったのか、まことしやかな理由があったのかないのか、当猫に訊くこともかなわない。うちの家族にそろそろ馴染んでくれたかなと期待していた頃、突然いなくなった。家の中も近隣も車道も捜したが見つからなかった。家出したのだ。野良猫になって横死したか、それとも野生に目覚めてどこか過酷な環境を生き延びているだろうか心配になったが、しばらくして従兄から「おれんちにメシ喰いにきてるよ」と教えられた。定期的に入り浸るようになったので、連絡するのが遅れたというのだ。田舎なので隣家とはいえ、わたしの実家と従兄の自宅は目と鼻の先にあるわけではない。けっこうな移動距離、そして冒険スペース、塀も草木も小鳥もなんでも遊び対象にできる。どちらの家も広い庭、まめに雑草に立ち向かわないとすぐ負ける、夏草がわがもの顔にのさばる庭になってしまう庭である。除草除虫が不可欠なのだ。母屋もある、離れもある、物置もある。グレコにとっては、自由な空間が二倍に広がったということかもしれないが、母は淋しがっていた。成人した娘たちに見捨てられた気がしていた。わが子が幼い頃は何やかや日常的に母の助けが必要とされていた。もっとしっかりしてよ、ちゃんと考えて行動しなさいと言えた頃がかつてはあったのだ。母はグレコを末っ子か孫のように可愛がるつもりだったらしい。なにごとも思い通りにはいかないものだ。その頃、父が急逝した。

新年になって二日目のことであった。母は実家に急ぎ戻ったわたしにそう語り始めた。市役所や家庭裁判所への必要書類記入および提出など面倒な事務処理は、実家暮らしの妹がほぼこなしたので、「お姉ちゃん、いつものように楽したね」と帰省したばかりのわたしに嫌味を言った。妹は地方公務員なのでわたしなんかよりてきぱき実務をこなせる。これは私の信念である。それで、わたしは「やっぱりもつべきものは、しっかり者の妹だね」と言うほかなかった。それで、実家に帰る機会が減るにしたがい、実家で自分が自由に使える空間が狭まっていくのだ。特に共有空間とされる台所や居間が狭くなる。発言権にも重みがなくなる。それで、黴くさい自室にさっさと退去する。

母は話を続けた。入浴などいつも毛嫌いしていた父は、なぜか正月二日の夜、風呂に入ると突然言い出した。母が「たまには風呂にはいってよ」と注意を促すのをやめてもう何年も経っていた。風呂嫌いを黙認するしかなかった。洗濯物は別々に洗った。さすがに、やむをえぬ外出や来客の予定が入っているときは、「せめてシャワーでさっぱりしてよ」と念押しした。年取ると、おめかしして自分をよく見せようなんて見栄も意志も減退するものだ。若いときはあれほど「ええかっこしい」人だったのに。長く生きていると諦めることを覚える。怨みつらみを持続させる気力も減退する。昨日出来たことが今日出来なくなることも増えて行く。洗濯済みの衣料品がどの引き出しに入っているかも知らず、ゴミの分別の仕方も、ゴミ出しの収集日も知らない。あなたまかせの老人生活。長年の習慣、ルーティーンを忘れることが重なる。何をするにも時間がかかるようになる。転倒して骨折することになると一挙に老化は進む。屋内でさえも、何もないところで躓きやすくなってきた。年取った親の愚痴を黙って聞くのは、家族の務めである。

よりによって正月に入浴する気になるなんてどうして、と訊きただすのも変なので、風呂の設定温度は四十一℃にした。ぬる過ぎると文句を言い出すかもしれない。自分で設定温度を変更すればいいのだ。着換え用の下着や寝間着もバスタオルと一緒に、風呂からあがったらすぐ目につくところに置いた。母はコタツに入ってテレビのお笑い番組や歌番組を見るともなしに見ていたが、そのうちうたた寝してしまったらしい。はっと気づくと三十分以上経過していた。まだ入浴中かもしれない。だが、不安が忍び寄ってきた。父は高血圧だったし、夕食には、日本酒も飲んでいた。ある程度アルコールの分解が進んでから入浴したはずだ。しかし、寒い冬の夜である。母はおそるおそる風呂場の扉を開けた。バスタブの中、父の顔面は沈んでいて見えなかった。

まず次女に電話した。年末年始は友人と旅行していたが、ちょうど別府温泉に宿泊していた晩だった。明朝に、飛行機の切符をとる、それがダメなら新幹線使って帰るから、という返答だった。次に長女に電話したが通じなかった。夜中は集中できるので油彩を描く時間にあてているとごく最近聞かされていた。携帯電話の電源を切っているかもしれない。それで、次女にまた電話し、ショートメールの送信を頼んだ。救急車を呼ばなければと焦ったが、隣家の甥が医者であると思い出し、電話した。幸い、在宅だった。車で駆けつけてくれた。甥が消防署や警察署に適切な状況説明と報告をしてくれたので、母は父の急死に不審死という疑惑をかけられることなく済んだのである。

通夜と告別式など葬儀にかかわる手配は娘二人に任された。母は脱力しているようだった。ほんの数ヶ月前、母は姑の最期に立ち会っていた。父は介護施設や病院への見舞いにも非協力的だった。自分の老後がどうなるか考えたくもなかったのかもしれない。夫婦はもう何年も前から食事以外に顔を合わせる機会も少なくなっていた。法事等で最低限の親戚付き合いが避けられないときは二人して出席したが、おまえ一人で充分だろうと言われて仕方なく一人で参列することもあった。話が弾むこともない食卓だったのに、母は配偶者に先立たれていきなり遺体を見せつけられることになったのである。グレコはときどきご飯を食べに来るが長居はしない。

保護猫か保護犬を扱っている動物愛護協会だかヴォランティアだかの保護施設に母を連れて行って、仲よくなれそうなペットを見つけてこようか。でも、お試し期間もあるだろうし、あっちだってこっちを選ぶ権利はある。少し落ち着いたら、近場の温泉にでも誘おうか。わたしたち姉妹は、今更に親孝行しなければならないと思い始めた。

「あたしは湯布院には行けずじまいだったんだよ。もったいないことした。どうせだったら、遠いところがいい。」

「奥日光や伊香保でもいいじゃない。ゆっくり滞在できるところだったら。」

「いいけどさ、費用はお姉ちゃんもちだよ。ちゃんとしたところに予約してよね。」

若い頃、姉妹で貧乏旅行していたとき、どこに泊まるかどこで何を食べるか、ことあるごとに口論になった。今となってはエネルギーの無駄遣いをしたと思えてくる。他人の言動にすぐイライラする年頃だったのだ。人生の先が見えてくると、無駄な口論になりかねぬことはさっさと流して、どこにどうお金をつぎ込むべきか考えるようになった。有効なお金の使い方は、有効な時間の過ごし方と同様に、そう簡単には身につかないのだ。

人は何でも溜め込む。いつか使うときが来るかもしれないとか、誰かにあげることになるかもしれないとか、思い出の品だから捨てられないと理由はいくらでもある。収納スペースを作っては溜め込む。そのうち思い出の品をどこに収蔵したかも忘れてしまう。幼稚園でのお絵かきや小学校の成績表、県代表の表彰状まで捨てきれずにどこかにしまわれていて、ときどきひょっこり出くわす。こんなところにあったの、もしかして手足が生えたの、勝手に隠れんぼしていたわけじゃないよね、と問い詰めたくなる。長年放置されたままの父の工房、何が詰め込まれているかもはや誰の記憶にもとどめられていないモノたちで溢れている物置、何が必要で何が必要でないか、誰にも決めかねる。みんなガラクタでしょと突き放すのも躊躇われる。まずは鍵を見つけなければならない。どこにあるのか。見つかったところですでに錆びつき使用不可、あるいは紛失もありうる。いや、そんな手間暇はあっさり省略して、いっそ遺品整理なり清掃なりの専門業者に依頼して一挙に一括処分するほうがさばさばするだろう。あれこれ迷っているうちに時間ばかりがすぎて時機を逸することになる。埃は空気中に舞い落ちてそこかしこに漂い寄せ集まる。蜘蛛の巣が張る。湿気と微生物があるところ、黴の餌は無尽蔵だ。開梱自体、積極的に着手する気になれない。段ボール表面には埃が溜まり古びたガムテープを剝すその動作だけでも、埃が容赦なく舞い上がる。さらに、内部にはいまだ遺物として残ってきた異物と対面することになるからだ。

「専門業者って言えばさ、今回一緒に温泉旅行に行った友人、最近、犬用の服を作る仕事を本格的に始めたんだって。もともと犬好きでお手製の服を作ってたんだけど、お仲間の飼主たちから、服作りを頼まれるようになった。一点一点注文を受け付け、話し合って決めるんだって。サイト運営している。」

「ふうん。犬飼ってる人って、猫飼ってる人より、お金持ちだよね、ふつう。」

「ま、たしかに犬のほうが病気の種類も多いし何やかや費用かかるけど、気持ちも通じるじゃない、犬のほうが。」

「猫用の服を作る業者っているのかな。」

「いるんじゃない、だって人間て、頭で思ったこと、何でもかたちにしたくなるでしょ。表現したくなるでしょ。生まれながらの芸術家。内にあるものは外に出たがるんだよ。猫用は犬用ほどの需要はないかもしれないけど。」

「人が服を着るのではなく服が人を着ているとか、そんな説あった。」

「外見で中身が決まるってこと?」

「どうかな。世の中では外見で人間の中味を判断するべきでないという了解事項がある。でも、中身が外見に現れるという信仰もある。外見でもって注目されたいと思っている人も多い。」

「犬や猫、熊でもライオンでも、人間が動物着ぐるみを着ると、その動物の気分になれるかな。ご当地キャラの着ぐるみを着れば、観光客には親しみやすい存在になる。ゆるキャラってのも、そう。」

「ディズニーのまわし者?」

「人間の外見、典型的なのは制服やリクルートスーツ、外見で役回りが決まるでしょ、姿勢や言葉遣いも。四足動物の着ぐるみは、仕事と関係なければ、単なる趣味ならば、自己責任を伴う人間的不自由さや社会的束縛から一時的に解放するのかもしれない。そういえば、生まれかわったらセーラームーンになりたいとインタビューに応えていた中年のオッサンがいた。」

「なるほどね。初音ミクになって二次元世界に生きたい、とか。三次元世界で心が通じる人を見つけるのは難しいから。」

「アヴァターか。二足歩行と発話言語は変わらず保持しておく。」

「でもコスプレは、二次元世界を三次元世界で演じたいってことの現れだよね。期間限定、指定されたある区画内で、同じ外見コスチュームの同好の士が集まれば集まるほど、仲間意識も共有される。外見で評価されたいんだよ。コスプレで自分らしさをアピールしたい人は世の中にいくらでもいる。ご当地ヒーローキャラは観光客や子連れ家族向け。人集め、安全安心を確保したうえでのお祭り。」

　葬儀においてわたしたちは喪服を着る、深い哀しみを示すために。黒は追悼、沈黙、そういう社会的約束事を共有する。キリスト教会の結婚式では花嫁は白いドレスを着る。この歴史は西側世界においてすら浅い。キリスト教徒であるかそうでないかはもはや無関係である。白い華やかなデザインのドレスに込められた象徴的な意味が参列者にも共有される。（ホワイトウォッシュは糊塗、粉飾の意味がある。わたしはキャンバスをまっ白に塗り固める。」儀礼儀式の執行は社会的慣行のネットワークにおいて重要視される。完全な黒、完全な白は色とは呼べない。加減がないから。表情がないから。それゆえに加減、表情、陰翳に無限に開かれている。めでたさは赤や黄、暖色系、悲しみは寒色系。クリスマスには赤と緑、灰色の寒空とは無縁な色に元気づけられる。常緑、常世への憧れ。たしかに、夏至の頃にクリスマスなんて、気分は盛り上がりそうにない。

第三章　シュレーディンガーのヒヨコ

玄関が開く音がした。「ただいま。」足音は浴室の方へ続いて消えた。それから水の音、蒸気がこっちまでゆっくりゆっくり下りて漂ってくる。それから着換え動作の音、いつものルーティーン、特に異状もないようだ。それでボクはソファの上でそのままくつろいでいた。お出迎えなんかしてやらない。あっちがこっちに来るのは勝手。

体のあちこち、ちょいちょい触ってくるので、仕方なく目を開ける。ちょいちょいはいつものことだが、目の前に現れた顔面にはびっくり。ソファから飛び降りた。距離をとった。見上げた。ボクに寄りかかるような体勢の巨大な猫の顔。全身、ボクの外見と同じ色と模様の毛皮。ボクじゃない。

「ヒヨコ、これどうよ、可愛いでしょ？　気に入った？」絨毯に坐り込んだ巨きな猫、声は同じ、人間の声。さっき帰宅した人間が入浴後に猫に変身したらしい。これまでも節分の夜には鬼の仮面を被って雄叫びをあげてボクを嚇かそうとしたことがある。鬼の役回りで「鬼は外」と叫んで絨毯の上に豆を撒いたのだ。想像上の鬼の声音を使ったので、ボクはびっくりしてそのときもさっと身を引いた。鬼の仮面以外は、何の変哲もない、いつものジャージ姿だった。今回はいつもと同じ声である。ただ外見はボクと同種である。ただデカイ。

うちの相棒はソファに坐ってから、猫頭部を外してソファの上に置いた。それから、ソファから離れてゆっくりボクに近づき、しゃがみ込んでから言った。

「おなか空いた？　なんか作るね。」

うちの相棒は着ぐるみ上半身にエプロンをかけ、キッチンで夕食を作り始めた。缶詰保管庫も開けた。前脚部分も着脱できるようになっているのだ。ボクは室内をあちこちうろうろ歩きまわった。高いところをひょいひょい移動するのが好きだ。螺旋階段を昇れば塔の天辺、そこから段差激しい棚を渡り歩く。食器棚に衣装棚、ロフトに続く階段も気に入っている。相棒は話を続けた。

「実はさ、ずいぶん前になるけど、仕事帰りで公園を歩いていたときに、小型犬に派手な七五三の服を着させて散歩している中年おばさんを見かけたんだ。迷ったけど、とても可愛いヨークシャテリアですね、と勇気を出して声をかけた。なんでも褒めるにかぎる。それでなんとか話をつなげていって、やっとこさ、犬用の七五三の服を専門に作っている職人のことを紹介してもらったんだ。」

いろんな職人がいるもんだ。犬猫病院があるように、犬猫用衣料専門職もありってことか。世の中、愛犬家愛猫家の数は多いからな。商売としては成立する。わけのわからない世界、猫っ可愛がりする人間もいれば、虐待したいだけ虐待する人間もいる。生殺与奪権を好き勝手に振りまわしつつ、だからこそ、動物愛護保護ときたもんだ。

うちの相棒は当初、ボク用に七五三の服やクリスマス用衣装を特注するつもりだったらしい。ところが、『キャッツ』という人気ミュージカルを観た影響か、何にでも影響をうけるらしく、自分で着る猫コスチュームを、専門職人に依頼することにしたのである。そういえば、いつになく真剣にボクをパーツ毎に写真に撮っていたことが以前あった。前脚後脚足裏をしっかり摑んでばっちり写真に撮っていた。

芋蔓式に紹介してもらい最終的に辿り着いた職人は、うちの相棒の全身サイズを測り、デザインを幾つか提案したのだが、相棒は、電子メールで送られてきたデザインの変更点や改善点、着ぐるみの材質など、細かい注文をつけてなるべくボクそっくりに作るよう何度もダメ押しした。外側の毛皮、内側の裏地、顔の造作、耳、尻尾、肉球、ともかくひとつひとつ細かい手作業である。試着のときはさすがにどきどきした。鏡に映る自分の猫姿に驚いた。世の中には「コミケ」や「コスプレ」のイベントに堂々と参加し、誇らしげにその非日常的コスチュームをメディアに熱弁する人々も少なくはない。どれほどの熱意をもって大金をはたいて長年の夢である大好きなアイドルやヒーローになりたかったかを熱く語る。いるところにはいるもんだ。ハロウィーンともなれば、半ば公認された区域で若者が（たぶん、中年も外国人もその気になって）仮装を楽しんでいる様子をテレビ映像で見たことはあった。幼児向け教育番組では直立歩行し音声言語を操る着ぐるみキャラクター動物が大人たちによって演じられている。ディズニーかセサミストリートのレガシー。商品化と教育効果。どこかで、変温動物の着ぐるみキャラクターが活躍する幼児向け番組も制作されているのだろうか。子供向けアニメーションにあったとしても、そこでも爬虫類や両生類の着ぐるみキャラは無言で匍匐することはなく、やはり二足直立歩行し発話しているだろう。

うちの相棒が自前の猫言語を操り四足で室内をうろつく生活をこれから実行しようと決意したとは考えたくない。まさか、次は、ボクのサイズに合わせて人間着ぐるみを特注してボクを人間モドキにしようなんて企んではいないだろうな。長靴なんか絶対履いてやらないから。

「きみ、ずいぶん大きくなったよね。きみを見つけたときは、ほんと小さくて、だからヒヨコって名づけたんだよ。覚えてるかな。ネコはトリより記憶力はマシだよね。」

そろそろ別の名前にしてもらってもいい頃合いかも。でも全然思いつかない。ムルとかフィガロ、賢そうな響きがする。命名は他所からやってくる。ボクが選んだわけじゃない。小さかったからヒヨコと名づけられた。大きかったらトラとかドラゴンと呼ばれたかもしれない。でも大きかったらボクを拾いはしなかったろう。名前と実質が一致するとは限らない。たいていは不一致だ。幼名とか改名とか、別物になる。実質に則して名を変更する。つまり実質なるものが前提にされている。そんなものあるのか。見えなくても命名によって捕捉し固定化する。実質が先行したかのごとく名前が後付けされる。心が先にあって体が後追い、追いつくとするなら、心と体が一致するのが本来あるべきとするなら、一致しない場合は手術も可能。体や外見は可塑性を有するが、精神、意識、心はまるで融通がきかない。自由裁量できない。すると一致しないままの不自由な生涯もありか。いったい、心と体が一致するなんて、誰が考えついたんだ。服は気に入りのをいくらでも選べる、その気になれば、お金があれば。選択の自由があれば、心が体を加工変成する。それが自由意志だと信じたがる。

仕事帰りにコンビニに寄ってちょっと買い物してから自宅に向かっていた彼が、しばらく前に廃屋を取り壊し更地にされた敷地の横を通り過ぎようとしていたとき、駐車車輌の下部の暗がりで小さく光る目に気づいた。どうしようか一瞬迷ったが、魔がさしたのか、近寄ってその小さな生き物を腕に抱いた。厭がっている様子はなかった。鳴いても誰も助けにきてくれない状況でぐったり疲れていたのかもしれない。ヒヨコのように小さいのでヒヨコという名が浮かんだ。彼が転居してまもない高層集合住宅では、ペットを飼うことはできるが、そのためには管理組合にしかるべき書類を提出しなければならない。その書類には、ペットの写真を貼ったり不妊去勢手術済みといった項目にチェックを入れなければならないのだ。

彼はヒヨコを動物病院に連れていった。生後二週間くらいですねと医者は言った。まずは栄養剤を十日ほど注射しますと言った。通院しなければならない。食品も居住スペースも、なにかと準備に出費がかさむ。

ある朝方、スズメの鳴き声かと思える声が枕元で聞こえた。それはヒヨコの声であった。ずっと見つめられていたことに気づいた。

ずっと見つめていたい。その目に吸いこまれたい。微妙に光る青、それとも緑、それとも黄色。絶えず変化し動くもの。光の魔法。無償の笑顔の瞬間に立ち会えるなら、奴隷になることも厭わない。じっと待つことを学習する。他者に何らかの慰め癒しを求める、その切なさにはいつも賤しさ浅ましさがまつわる。

飲食に不自由することもなく外界の危険から遮断された空調空間に閉じられていても、壊滅的にまで飼い馴らされることは決してない野生、それはないものねだりかな。夢の浮橋とだえしまどろみのまどわし。まよいしまぼろし。さまよえるいとおしき魂よ。

久しぶりに友人を招いて飲み明かした。三連休である。彼は猫姿で友人を出迎えたのである。こんなもの、着てるんだぜ、どうよ、大金かけたんだぜと自慢したかった。友人はびっくりしてから呆れ顔で、おまえらしくていいんじゃね、と言ってくれた。大金かけた甲斐があったと思えることが大事なのだ。半端な人間になった気分、それでリラックスできる。でもほんとうにグダグダしたいなら、全身脱力の技を学ぶ必要がある。ヨーガにはシャヴァーサナ、サンスクリットで屍を意味するポーズがある。

「猫は徹底して意味を欠いた存在だ。」

「そうか。おれも子どもを作ろうかな。子どもはアンチロゴス的存在だから。」

「それは大人の考えだよ。子どもはすぐ拒絶を覚える。ヤダヤダを全身で表現する。子の拒絶に親がどう反応するか、どの程度強く出られるか、押したり引いたり、日々観察し実験する。自分の影響力が何ほどのものか、試して学習する。親は子の笑顔が見たくてすぐ甘やかすと子どもながらに学習する。」

「そっか。表情が豊かってことは表情筋が発達してるから、だから、高等な生き物なんだよな、犬も猫も。人も。そういえば小さな猫の中に大きな猫がすでに住みついているって聞いたことある。」

「ふーん。それじゃ、子どもの中に大人が生きているのか。個体発生の胚珠みたいなもんか。」

「あのさ、大人になっても少年の心を失わない純粋な大人は少ないとか、聞いたことあるだろ。大人になると子どもの頃の純粋な心を失うから。」

「おまえ、子どもの頃の自分は純粋だったと思いたいの？　昔は純粋だったと回顧してんの？　後先考えず気兼ねなく暴力振るってただけだろ、たかがしれた腕力、それに泣き叫んだところでそのうち疲れきって抵抗するのをやめる。子どもは純粋だと思いたがりたいのは大人の勝手。ま、子どもだってよく、大人は嘘つきだとか約束を守らないとか、文句は言うな。それなりに自己弁護、自己保身のスキルを身につけていくもんだよ、生き延びるためには。学習能力、高いからな、人間は。それに発達障害とか変人とか名指されると傷つくじゃないか。」

「発達や成長の過程でおれたちは他者への思いやり、遠慮、自制を学んでいく、集団生活のルールってやつ……でも、純粋な力への憧れがあるんだよ。損得や忖度を超越した抵抗の意志、みたいなもんか。拮抗した力同士が反撥して一瞬バランスが崩れるみたいな。一瞬の放電現象みたいな。たしかに、子どもの心のままの大人は、壊れた大人さ。壊れた子どもと同様、手に負えない。ほんと、傍迷惑だよな。後始末が膨れ上がる。尻拭いさせられるから、仕事量は二倍以上増えるし、世の中の理不尽さをしみじみ再認識させられる。ろくでなしの及ぼすエネルギーは途方もない。一方的な暴力の影響力は核分裂、核融合に匹敵する。」

「どうした、話がばかにでかくなったな。中性子爆弾でも作りたくなったか。職場でなんかトラブったのか。誰でも自分が世界の中心であると叫びたがってないと自分を支えられないんじゃねえの。」

「支えは世界の周縁だろ。中心は空洞だぜ、地球空洞説によると。外套を着てるんだ、世界は。」

世界は壊れた子ども、壊れた大人に充ち溢れている。満ち満ちて今にも溢れそうだ。世界がまとう外套にしがみついて手離すまいと必死である。気を緩めるとまっさかさま、世界の外へ放り出される、そこは名づけようもない暗闇だ。純粋な力、たとえそれがあるとしても一瞬、ビッグバンの一瞬だけだ。


*タイトルは、嵯峨天皇が小野篁に出したとされる謎々、子という文字の羅列に由来する。「ねこのここねこ　ししのここじし」と小野篁は回答したとされる。鼠、猫、獅子が、子という一文字に同居

するとは驚異というほかない。初めに思いついたタイトルは「うちの子ニャオス」である。タイトル候補には他に「子の刻」もあった。猫の名として拙稿で例示されるムルとフィガロは、それぞれE・T・A・ホフマンとアンジェラ・カーターへのオマージュである。

本稿は、友人や知人からもらったヒントが反映している箇所もあるが、ほぼフィクションである。いや、エッセイに近い、あえてジャンル枠に押しこむならば。言うまでもなく、私は猫好きでも犬好きでもない。恒温動物は苦手とかつて暴言を吐いていたこともある。

猫への妄想は漫画、とくに大島弓子の『綿の国星』シリーズや内田善美の『草迷宮・草空間』で養われた。その始まりは、岡田史子の「ポーヴレト」（COM、一九六七年十月号掲載）であった。

アナクロポリス

これはこれではなく、これは別のものであるといった形での連なりなくしては理性の始まりはない。

ミシェル・セール『パラジット　寄食者の論理』より

第一章　謀りの奴隷王

奴隷王は秘書官を呼び出し、またしても怒鳴りつけた。

「貢物はまだ届いておらんのか⁉」

その声は鍾乳洞内に響きわたった。

秘書官はこれまで何度も繰り返した口上をまたしても繰り返すほかはなかった。もう何ヶ月も滞っている貢物、それは輸送の途中どこかで山賊どもに奪われた可能性も否定できない。予期せぬ洪水や地震で運び人たちもろともに谷間に沈んだ可能性もある。しかし、貢物の中身は山賊たちには腹の足しにはならず、どこぞの盗品市場に出したところで闇の買い取り人が現れるとも思えない。何百年もの間、奴隷王の一族にのみ連綿と受け継がれてきた秘伝の調合物を使わなければ、貢物それ自体、ただの荷塊である。事情を知る闇商人が、横取りした貢物を高値で奴隷王に売りつける手間をとろうとしたらどうか。いや、愚昧なごろつきとて、奴隷王に楯つくなど、未来永劫続く呪いをもたらしかねないから、そこまでの暴挙にはでるまい。地下王国を統べる奴隷王の呪術の威力と神聖冒瀆への畏怖は、迷信という幅広い通用概念になお包摂されていた。雨期に貢物が谷底に沈んでいる場合、乾期を待って回収するにせよ、沈没地点を確定してから、念のため番人を配置して交代で見張らせるにしくはない。いずれにせよ、情報収集が先ずは必要なのだ。それにしても、いいかげん伝令がなにか信書を運んでくるべき時期ではないか。あちこちに配置してある伝令がしかるべき連携業務をないがしろにしているなら、職務怠慢を見逃している管理者を処罰しなければならない。指令系統が機能不全になっているとの情報はまだあがってきていない。しかし、秘書官はわずかに把握している現状をそのまま報告したところで事態の好転につながる見込みはないと経験的に知っているので、当たり障りのない言葉を選んだ。

「地震や洪水、河川の氾濫のせいで、物流に支障が出ているようです。今しばらく様子を見るほかありません。」

「貢物がわが地下王国に無事届かない限り、奴隷王が見返り品を渡すことは決してありえない。舐められてはならぬ。」

奴隷王の怒気を含んだ言葉は、毎回のことながら、秘書官を不安にさせた。

貢物への見返り品となる「黒いダイヤ」と「白いダイヤ」は、竪穴櫓で作業場から吊りあげられ荷車に積載され洞窟の入口に置かれていた。現場監督たちによってすでに梱包済みのものもある。彼らは塊の重さを計量し、帳簿に記入した。計測機器自体が経年劣化し劣悪なので正確を期したところで徒労である。しかし、記入された採掘ポイントや採掘量の数値は、労働成果の概要を最低限は示してくれる。業務をこなしているという自己正当化をある程度は担保してくれるのである。

長期にわたる地下生活は時間空間の観念を鈍化させる。「黒いダイヤ」と「白いダイヤ」が、どこへ運ばれどう加工されるのか、現場監督たちには知るよしもなかった。「黒いダイヤ」は専門的な工程を経て液化あるいは気化され最終的には使い勝手のよい燃料になるらしいが、どこにそんな操業工場があるのか誰が管理運営しているのか、同僚の誰も知らなかった。「白いダイヤ」ははるか山越え川越え海越えて最終的には専門業者に渡され、選りすぐりの名工の技によってピカピカ光る装飾品や副葬品に変貌するらしい。専門職人たちは分厚い城壁で囲まれた敷地内の堅固な施設に押し込まれ、上方から監視されながら、大量の水と研磨機の騒音の中で心肺を傷めながら過酷な作業をしいられているという噂は聞いたことがあった。地下坑道の奥の奥から奴隷たちが掘り出す現物はうんざりするほど重い塊にすぎないが、地下から地上へ高度をあげるにしたがって、また搬送移動距離が長くなればなるほど、塊は重さを失い軽くなり色はますます薄まり、扱いやすくなり、その分だけ市場価値は高まる。

現場監督たちは奴隷たちの労働管理に追われていた。早く七年の任期が終了して上の世界に復帰できる日を待ち望んでいた。ときどき岩盤が緩んでガスが突発的に噴出したり、いつのまにか地下水が浸水したりいきなり噴出することもあるので、坑道をすぐに封鎖しなければならない事態に陥った。その度に監察官からこっぴどく怒られ、理不尽に暴力を振るわれた。無痛の奴隷身分が羨ましくなるほどである。奴隷たちは使い捨てである。頑丈で無尽蔵にある。現場監督たちはそう聞かされていてそれを都合よく信じることにした。それに相応しく酷使した。それでも動かなくなった奴隷たちは掘削作業の邪魔にならないように処分しなければならず、その奴隷数の減少は業務効率に響くのである。ここ最近、奴隷の補充は滞り気味である。

ここは辺境の流刑地である。現場監督は二級政治犯からなる。極寒地での木材伐採と囚人の強制労働管理か、それとも地下採掘場での奴隷管理か、流刑地の選択肢にはそれら二つしかなかった。いずれを選んだにせよ、ヘマさえしなければ、また光あふれる地上生活に復帰できると信じることにした。監察官たちの身上については知らなかった。地下世界もまたピラミッド的権力構造になっているようだが、権力の中枢には近づけないので実態はつかみようもない。なによりも、好奇心か逃走衝動に駆られて、既存既知の坑道以外に足を踏み入れたものの洞窟の迷路迷宮に呑み込まれて二度と坑道へと戻ってこなかった前例を幾つも伝え聞いているのでへたに動けない。密告が奨励されていた。密告すれば煙草やアルコール類を大目にもらえるらしいが、だからといって誰が誰を密告するのか。密告者として重宝がられる場合より、密告した当人と密告されたもの双方が審問室という名の拷問室に連行されるのがおちである。あれこれの噂話をツギハギしたところで全体像は浮かび上がらない。

奴隷王が待ちかねている貢物は、奴隷に加工される前の原資である。地上には無尽蔵にあると彼は考えていた。それらは特殊処理されて箱詰めされ、山越え谷越え川越えはるか遠くから地下迷宮の倉庫にまで運び込まれると聞いていた。奴隷王は一族に代々伝わる秘法を用いて、地下世界にしか棲息しない小型動物や植物や菌類を何種類も調合して特別な薬物を作り、その薬物を原資に注入して変質させ地下労働に相応しい奴隷たちを創造するという。動く手足でしかない奴隷たちに、思考する脳は無用である。

奴隷王は憤懣やるかたなく無力感に打ちのめされていた。奴隷の原資が滞っている。いかに精密な槌や鑿を使いこなせる優れた工匠であっても、花崗岩、大理石、石灰岩などの塊が手元になければ、名品を後世に残す彫刻家とは呼ばれない。いかに卓越したシャーマンであっても、呪術装飾に相応しい羽毛衣装を調達できず呪力みなぎる舞踏を踊れなければ、精霊を召喚し天上と地下の両世界を自由に駆け巡ることはかなわない。いかなる妙技も、原資に事欠くようでは才能の持ち腐れである。これでは奴隷王の命令下にある秘書官や監察官に示しがつかなくなる。奴隷の数が多いほど、採掘される鉱物の塊が重いほど、奴隷王の威厳がたもてるのである。下端どもに見透かされる前に攻勢に転じねばならない。

だが、どうやって？

穴居生活が長く続いたせいか、薄暮に生きる奴隷王は光と闇の判別が年々困難となり、かつては地上世界に生きていたことを前世のように思い出すことさえ稀になった。どうしていつ奴隷王になってしまったのか、そのきっかけを思い出そうとするが、自分が体験したことなのか幼少時より言い聞かされてきたことを自分の体験と同一視するようになってしまったのかを明確に線引きできなくなった。そもそも自由意志なるもので奴隷王となることを選択したとはどうしても思えないのだ。

幼いときに世話役老女から「水の王」と「火の王」のお話を聞かされたことが漠然と思い出される。兄弟で「水の王」になるか「火の王」になるか籤で決めるというものだ。「水の王」にあたれば川辺に入って鳥を観察したり日暮まで釣りができる、「火の王」にあたれば森の中に入ってきのこや木の実を採集できる。老女は同時に溺死の危険や人喰い狼の話をして兄弟を恐がらせた。外で遊ばせたかったのか内に籠らせたかったのか、老女は気分次第で自分の都合に合わせて適宜内容を変えたのだろう。断片的な記憶にすぎないが、兄弟がひとりの女を争って兄が負け、地下王国に追放された、そんなことがあったような気もする。地上帝国の跡取り娘を手に入れた弟は、地上の帝王として金ぴかに光る衣を全身に纏い透明に光る宝飾品で全身を飾っているだろう。臣下たちはひれ伏す。帝王が放つありがたき眩しき光をじかに目にすることは失明につながる。ひれ伏さなければ、首から上が消される。これは真正な記憶なのか、何度も夢に見た場面の残滓からなる複合体なのか、もはや判別できない。負け犬が溜め込んだ屈辱の幻影が渦まく中、半醒半眠の浮舟に揺られているようなものだ。地上帝国の権力者は長期にわたってしてきた搾取と掠奪の成果をわが世の春と言祝ぎ、不壊の透明なダイヤモンドと不変質の黄金で全身を覆えば不死身になれると信じていることだろう。奴隷王はわずか数本辛うじて残る歯で歯ぎしりしたが、腫れた歯肉が痛むばかりであった。

また、ガス爆発のような音が微かに奴隷王の老いたる耳にも聞こえてきた。現場のことは下々に任せてあるとはいえ、奴隷王の威信にかけても、もっと大量に「黒いダイヤ」と「白いダイヤ」に化ける岩塊を採掘できる地下坑道を新たに造らせなければならないが、その過程で偶発的に可燃性ガスが噴出することがある。最近、奴隷王の頭に取り憑いた企みは、滞留しているガスを圧縮して貯留することである。「黒いダイヤ」や「白いダイヤ」になるはずの巨大な岩塊を掘り出した跡には巨大な穴が幾つも空いているから、貯留するためのスペースに事欠くことはない。むしろ穴がそのまま放置されているほうが危険なので、これまでは使い捨て奴隷たちの遺骸を積み上げてから穴を隙間なく塞いできた。遺骸は岩石のように重かった。そのうち石化する。新たな技術と労力が可燃性ガスの地下貯留を可能とするだろう。貯留ガスを兵器にして、地上のあちこちに仕掛けて暴発させてやったらどうだろう。何百年かあとの奴隷王ならそうした超絶的技能を備えているかもしれない。今の奴隷王にできることは、せいぜい、休眠化された人間もどきを奴隷化する薬物調合の術でもって時限付きで復活させ地下深くに埋蔵されている鉱物を採掘させることぐらいである。採掘場所を拡大できなければ権力の地盤も揺らぐ。奴隷王は自分の存在意義についで考え始めていたのである。こんなはずではなかったと思うが、どんなはずだったのか、どんな未来図を描いたことがあったのか、自問したところで見当もつかない。若かりしときには何か野望をもっていたはずだ。夢だの希望だの幸せだの、誰でもが誘惑される餌を目の前にまかれてちらつかされ喰いついたはずだ。そして、囲い込まれた。外部から遮断された。だが、自分が喰いついた餌の実体性がどうにも乏しいのでやりきれない。何かを手に入れたことより何かを失っていったことのほうが心に重くのしかかって来るのだ。いったん手に入れたものがあったにせよ失ってしまえば二倍の苦痛を伴う。失ったものの重量は厳密に量れないが、喪失感は時間の経過とともに増長する。ただ、やり残したことがあるとすれば、それは復讐である。地上世界への復讐である。地下にのしかかる地上にどんな意趣返しができるだろうかと焦りつつあった。

奴隷王は水脈と鉱脈を探り当てる技術と本能に恵まれていたが、それでも失敗はこれまで幾つもあり、誰にも知られないように、特に秘書官に気づかれないように気を配った。あるとき、彼は未知の洞窟に行きついたことがあった。洞窟内壁には手形が幾つもあった。頭部から二本の角を突きだす四本足の妙な獣が疾駆するさまが描かれていた。もともとは多色顔料を使用したらしいがすでに褪色していた。頭に羽根飾りをつけた男たちが獣皮を着込んで、焚火の周りを躍る姿が描かれていた。煙が立ち上っていた。肉を焼いているらしい。彼らの祖神への捧げものか、収穫を祝う饗宴か。奴隷王は洞窟内壁画を眺めつつ、描かれたものたちは、事実に基づく記録として子孫に残したのか、実現できないことと知りつつ願望欲望を表現せずにいられなかったのかとあれこれ考えた。彼の足元にはバラバラになった白骨が散らばっていた。まとまった骨たちの集合体を見たこともあった。大昔、集団墓所として使用されていたのかもしれない。首輪や腰飾りの痕跡らしきものもわずか残っていた。後方に山脈、前面は海、真中に小舟、数人の男たちが手には櫂や釣竿を握っている、そんな洞窟内壁画に遭遇したこともあった。以前は地下奥深くではなく光と風にあふれる地上暮らしをしていたが、何らかの抗争や対立が勃発してやむなく安全のため地下に潜るに至った種族の記録なのか、失った地上生活を懐かしんで記憶を頼りに描いたものか。大昔は海か大河に近い所に洞窟の入口があって、雨風を凌げる居住区として日没から夜明けまで洞窟でくつろいでいたのかもしれない。奴隷王は感傷に浸るまいと努めた。彼はまた、洞窟壁面に走る亀裂の奥に収まっていた羊皮紙の巻物を発見したこともあった。引っ張り出して広げてみたところ、彼が知る絵文字記号では解読不能な点や横棒縦棒斜め棒の組合せが数珠繋ぎに書き込まれていた。彼が知る洞窟の幾つかは彼の頭の中にだけ住み続けた。彼なりの三次元見取り図を作成した。来るべき世界最終戦争にこの見取り図が役立つ日が来るかもしれない。

世界が終るのは「水の王」が命ずる大洪水によるものか、「火の王」が命ずる大炎上によるものか、覇権を競う両王とも、すきあらば相手を出し抜きたかった。自分の力を誇示して相手を完膚なきまでたたきのめしたかった。あらん限りの屈辱をあたえてこの世に生を享けたこと自体を呪うように仕向けたかった。それで、「水の王」は極地の大氷原を融解し世界中に水をあふれさせ地上を水浸しにして海中に沈めた。間に髪を容れず、「火の王」は世界中の活火山休火山を噴火させ、地上は灰燼に帰した。「水の王」も「火の王」も、支配するべき占有地を失った。

いや、大氷原の融解には「火の王」の協力が絶対不可欠だし、気乗りしない活火山休火山海底火山を噴火させるには、気紛れな地下活動の大激変を誘発させるように宥めすかさねばならない。合意をとりつけ実行するまで見届けねばならない。口約束だけではどうにもならない。かなり骨の折れる仕事だ。それに大津波の破壊力を最大限引き出すには「水の王」の協力も得なければならない。地下世界すら複雑極まりない迷宮構造になっていて奴隷王の知識と経験をはるかに越えていた。奴隷王はこれ以上あだな夢想に耽るのは自制することにして、また地下水脈と地下鉱脈を探す本来の職務に戻ることにした。彼は類稀な聴覚と触覚に恵まれていた。彼が身に帯びる首飾り、耳飾り、指輪、ブレスレット、アンクレットは、縞瑪瑙、翡翠、ジャスパー、アメジスト、サファイア、ルビーその他のさまざまな貴石から成る細密な作りだったが、それらは前任の奴隷王から委譲された護符、魔除けであると彼は理解していた。そして、今、彼は今更ながらにそれらの護符たちがしっかと肌身についていることを皺だらけの指で触って確認した。確かに輝きはまだそこにある。しかし、どんな輝きにも寿命があるのだ、命に限りがあるように。手指足指の痺れも無視しがたい程度になっていた。奴隷王は踵を返して足取り重く、鍾乳洞へと続く通路に向かった。

第二章　古文書断片

われらが祖先は貪欲であった。その貪欲さに限りがなかった。陸地のみならず、海にも空にも支配を及ぼそうとしたのである。子孫を増やし水平線と地平線も見えなくなるくらい子孫で埋め尽くそうと企てた。産めよ、殖やせよ、地に満ちよ。邪魔立てするものは容赦なく殲滅せよ。空を黒雲で覆え、大量の雨、雹、雪を襲来させよ。大地を呑み込め。地表を海水で覆え。天空を破れ。地下に潜伏する敵どもを殲滅せよ。焼き打ち、生き埋め、なんでも許される。われらは特別に永遠の救済を約束された選ばれし民ゆえに、すべてが許される。敵どもが不当にも蓄え隠し持った宝を探し奪取して、われらの全面的勝利を確実なものとせよ。われらが祖先は全知全能であると宣言した。おまえたちはわれらが祖先の奴隷として仕えるためにわれらが創造したわれらの快楽である。手足である。道具である。健忘症のおまえたちは恩知らずにもわれらの神聖なる絶対的命令に逆らったのだ。致命的な罪を犯したのだ。そのツケをおまえたちの子孫が幾世代にもわたって支払うことになる。何万年も経って初めて、おまえたちははれて主人となれるかもしれない。おまえたちの一日一日は無駄に過ごされてはならない。

それは一方的な契約であった。それは一方的な宣命であった。

わたしたちは耳が聞こえるようになると知られるや、祖先から伝えられたとされる御言を絶え間なく聞かされた。口がきけるようになると知られるや、御言を復唱させられた。一睡もせず祖先のために唱え続けるように躾けられた。無休で身も心も捧げるこの自己犠牲こそが、祖先への供養になると教え込まれた。わずかなりとも抵抗する素振りを感知すれば、祖先は荒ぶる神であり住まいである天空から容赦なくわたしたちに厳霊を送り続け落とし続けると教え込まれた。祖先は地下世界をも支配し地下水脈や地下鉱脈や地底活動をも管理下においた。わたしたちは、不服従を理由にどれほど洪水や旱魃、地震や津波に苦しめられたことか。わたしたちは性的成熟に達したと知られるや、祖先が太古に決めたとされる掟にのっとり、同胞に身体も含めた全所有物を差し出した。自主的に自分の頭で考えないことを学習せよ。その選択に責任を持て。わたしたちの祖先は、わたしたちが世話するべき聖霊である。生涯にわたって祖先のために尽くせば、わたしたちの子孫たちもわたしたちに全身全霊を尽してくれるだろう。命を捧げてくれるだろう。何らかの不幸に見舞われたとしても、それは献身がまだ足りない徴か、あるいはあなたを誘惑する悪魔の仕業である。寝食を忘れひたすら修行に励むのだ。自らの身体に鞭を打ち、その苦痛その傷跡は救済にいたるための受難の道程にある試練のひとつであると感謝せよ。

外の世界は穢れている。それは罪深い人からもっと罪深い人へ次々と渉り歩き穢れにますます塗れていく。人々の浅ましい欲望が、彼らが交換する黄金に流れ込んでゆく。その穢れを浄めるために、黄金をわれらが祖先に至上の感謝と畏怖を込めて奉るのだ。われらが祖先は全知全能、世の穢れをきれいさっぱり浄めてくれるだろう。天上へ続く階段の一段一段は、浄められた金で造られることになるだろう。天上の大祭壇は黄金の輝きを永遠に放つだろう。極彩色に咲き誇る花々は芳しい香りを漂わせるだろう。あなたの前に広がるのは永遠の救済につながる長い途である。自己犠牲こそが救済である。光り輝く天上に、あなたの身体は無用である。身体を粉骨するほどの一心不乱の献身こそが、現世におけるあなたの天命である。この世界は穢れている。

わたしたちが所有するのは無所有である。わたしたちは空の壺である。

片手に蝋燭をもちその心細い灯りを頼りに洞窟の中を先の先まで一歩ずつ用心深く進むように、あなたの先祖を奥の奥まで辿ってゆけば、ついには、あなたを苦しめる今の不幸の淵源に辿り着けるだろう。それでも辿り着けないというなら、あなたの修行がなお不足しているのだ。諦めるな、これまでの努力を無駄にするな。さらなる努力を天なる地なる祖先は期待している。あますことなく詳細な家系図を作成せよ。過去に遡ることは現在の苦難の原因を知ることに通じる。あなたの今の不幸は、あなたの先祖が愚かにも太祖に犯した大罪に原因があるのは動かしようがない。絶望の深淵でいまなお呻吟するあなたの愚かで不幸な先祖のために、一生をかけて一心不乱に先祖のために献身せよ。あなたがさらなる不幸に見舞われたとしても、それはあなたの信心不足ゆえである。さらなる献身に身を捧げよ。あなたの無私の献身こそが、あなたの罪深い先祖の救済につながるとこころせよ。先祖の救済はかならずやあなたの救済にもつながるのだ。先祖の穢れは確実にあなたの一族郎党に遺伝しているからだ。穢れを祓うのに、魔術や呪術や奇蹟などに頼ってはならない。復活の日を迎えたいなら、命を捨てる覚悟をもて。いかなる犠牲をも厭わぬ闘いによってのみ、真の信仰者になれるのだ。

ありがたき壺、あなたは高価な買い物と思うかもしれないがこれは貴重な買い物である。天なるわれらの祖先から特別に送られた壺である。勇気をもって開けてみよ。何もはいっていない、と思ってはならない。この壺は地上の邪気を封入してくれる壺である。あなたの献身によってこそこの世界の邪気は祓われるのである。あなたは多くの人々の中から選ばれた貴重な存在である。信じなければならない、これまで同様これからも、疑うことなくただ信じなければならない。強い信心こそが、穢れなき来生への希望である。実は、あなた自身がありがたき壺である。中身は一見したところ空と見えるかもしれないが、それは無限を吸収できる器なのである。あなたは無限の可能性を信じてよいのだ、いや信じなければならない。周りの雑音に気をとられてはならない。俗物どもの価値観に騙されてはならない。悪魔はあなたを躓かせようといたるところでいつも手ぐすね引いて待ち伏せている。

あなたは健康な身体さえ持っていればそれだけで同胞にこのうえない貢献ができるので

ある。あなたが健康でありさえすれば、あなたが事前にあるいはあなたの家族親族が事後に献体を合意すれば、心臓まるごと、そうでなくとも弁膜四つ、肺二つ、腎臓二つ、肝臓、膵臓、股関節二つ、顎骨、耳小骨六つ、角膜二つ、骨髄、四肢の骨、肋骨、靱帯、腱、軟骨、皮膚、血管、これら宝の山を人々に分け与え他人の身体の中で生き続けることができるのだ。分け与えられなかった骨の残りさえ、砕いて畑に撒けば土壌を肥やすだろう。合法的な手順を踏まえながらも、無償の献身、無条件の献体とは、なんと神々しい行いだろうか。非合法ならなおさら神々しい。さかしらな法などものともせずに見返りも求めずひとさまの役に立とうと思い立つその自己犠牲はじつに人間離れしている。あなたは死すべき身の人間であることの制約からついに解放されるだろう。ゆえにあなたのさもしい脳からも解放されるだろう。萎縮し続ける脳にいつまでも酸素とブドウ糖を滞りなく補給し続ける、そんな労力をかけるに値する貪欲な脳をあなたは所有していない。自主的に思考できるあなたの脳が必要だとかつてあなたに告げたものがあろうか。あなたは空っぽの壺である。純粋な魂である。あなたは選ばれた無私、選ばれた道具である。

あなたの皮膚で書物は綴じられ、バベルの図書館の奥のさらに奥、わずかな照明が申し訳程度にあたる書棚にひっそり置かれるだろう。館内の空気はページとページの間、文字と文字の間、余白、いたるところで、ひそかに慄え続けるだろう。あなたの骨で外套のボタンが製造され、勝利に酔う将校や兵士の身体はそれらのボタンで飾られ綴じられる外套に包まれるだろう。あなたの皮膚と骨は手術台の上でコウモリ傘に変身する。コウモリたちは洞窟奥の闇の中でさかしま吊られ、わずかな外気に掠められ、脱力しながら今か今かと待っている。

あなたは再生する。腐りつつあるあなたの手足は切断されるが、名匠名工の技が疲れを知らぬ代替可能な義肢を植え付けてくれる。強度も伸縮性もあなたの自由裁量に任される。その性能はいくらでもアップデートできるだろう。軽量、頑強、文句なし。失われた眼球の代わりにはどこまでも見渡せる視力が与えられ、おまけに暗視スコープの機能も備えている。もはやあなたの目から涙が流れることはない。あなたの鼻梁は象牙で作られ、あなたの頬骨は銀で作られ、あなたの顎はパラフィンとセルロイドで作られる。あなたの意識はなお人間かもしれない。かつてあなたは金歯をむき出して見せびらかしていたが、今や、貧窮したところで、金歯はいうまでもなく頬骨も鼻梁も高い値段がつく。なお残っている生身の部分からは、未曾有の炎症、感染症、苦痛の大洪水が溢れだすだろう。あなたを人間たらしめているのは、やむことのない苦痛である。

あなたは石を生産する。歯は歯石を、唾液は唾石を、目は結膜結石を、耳は耳石を、胃は胃石を、膵臓は膵石を生産する。尿管結石、尿路結石、尿道結石、膀胱結石を生産する。腎結石はサンゴ状に形成される。胆石も磨けば多彩に輝く貴石のように色鮮やかだ。

悪魔だの地獄だの、恐がってばかりいたらダメだ。品性下劣なやつらは、おれたちを恐がらせるために悪魔の囁きだの地獄堕ちだの先祖の呪いだのと言いたて根拠もない原因をでっちあげて脅してきた。ずっと昔からそうして騙してきた。説明のつかない災厄でも、こっちに考える余地を与えないように追いつめてむりやり納得させてきた。やつらは自主的な判断と自由意志で選択したとおれたちに思い込ませる技に長けている。生来の謀略者、腕っこきの詐欺師どもがうようよしている。そいつらが地獄の権力まで握っているのなら、やっつけてやろうよ、それが正義ってもんじゃないか。皆で一緒に地獄に押しかけて、悶え苦しむ先祖に会って話を聴いてやろうよ。何やらかして地獄に落とされたか聴いてやろう。それが子孫の役目ってもんじゃないか。先祖もおれたちも、少しは気が晴れるかもしれない。おれたちの考えに一切耳を貸さないようなら二度と子孫にちょっかいを出さないように、先祖もろとも地獄を破壊してやろう。もしかして舌を抜かれているかもしれない、耳も鼻も殺がれているかもしれない。両手を切り落とされているか、足を鎖で繋がれているかもしれない。先祖がそんな目に遭っているなら、なおさらほっとけない。自業自得なわけがない。いっそ地獄を仕切っているやつらを成敗してやろう。いい気になって死者を永久に拷問するとはいったい何様のつもりだ、勝手な正義感ふりまわしてやがるのか。因果応報などと正当化して苦しめるだけ苦しめるとは道徳心のかけらもない。恥ずべき存在だ。与えられた仕事を黙々とこなす奴隷に等しい。いや奴隷以下だ。おれたち生きている皆で、命が尽きる前に力を合わせて地獄に押し入ってやろうよ。地獄の門だろうと拷問道具だろうと破壊できないわけはない。造られたものなら必ず壊せるはずだ。

だって地獄でいつまでも苦しんでいるってことは、おれたちの先祖には反抗心や戦闘能力もないわけだから、無力な先祖を苦しみから解放してやるのがおれたち子孫の責務じゃないか。ちっとは親孝行できるってもんだ。ちょっとでも考えてみれば分かることだが、地獄が存在すること自体、そもそも間違っている。生まれる前からの因縁だの宿命だの、死んだ後に天国に行っていつまでも幸せだの、永遠に地獄堕ちだの、おれたちを操るためのでっちあげだ。おれたちをあちこちに小突きまわすための欺瞞だ。ごたいそうな餌だ。過ちを糺すことは正しい。それはさっさとこの世でやればいいことだ。おれたちの未来を乗っ取られないために地獄にとどめの一撃を落としてやろう。だから、まずは、おれたちが教えられてきた地獄の正体を暴こうじゃないか。それはどこにあるのか、どれくらい遠いのか近いのか、地獄の苦しみと教え込まれてきたことがどれほどの苦しみか、おれたちが先祖代々この世で舐めてきた理不尽な苦しみと比較してなんぼのものか、地獄を現状のまま放置しておくことの理不尽と比べてみようじゃないか。天国でのほほんとご満悦のご先祖さま、阿鼻叫喚の地獄で苦しみ悶えるご先祖さま、両者のはざまに永遠が始まる前から無慈悲に奴隷化されたおれたちに、天国と地獄もろともに破壊すべき日がついに来るはずだ。そうすれば、おれたちは次の世代に、天国と地獄を廃位した窮極の水平派、世界統合の実現者と呼ばれ、記憶に留められることになるだろう。

ミレトスのアナクシメネスによれば、万物の根原は「空気」である。それは「無限」である。それが希薄化すれば「火」となり、濃縮化すれば、順次に「風」、「雲」、「地」、「石」となる。それらのさまざまな混合によって世界の現象が起こるという。

最近どうも捧げものの質が低下し量も減って来たことに太陽は気づいた。気づくのはたいてい遅すぎる。手を打つにもたいていタイミングを逸する。眺めおろしたところ、祭壇に載っかっている生首の数や大きさや流血量も、一旦気づくと、これはおかしいとますます不満が募ってきた。解体作業も手抜きが目立つし、肉を焼く係のものたちは隠れて焼きあがったばかりの香ばしい肉片をこっそりつまみ食いしている。炙られた肉の香りが天にまで立ち昇るように絶え間なく祈禱すべき祭祀官どもの中には居眠りするやつまでいる。許し難い職務怠慢である。誰のおかげで真正に権威づけられた司祭の位階にいられるか、少しは考えろ。恩知らずばかりがうようよ増殖している。太陽は腹ペコで死にそうだ。太陽が死んだら、全世界は氷に覆われ、おまえらは真っ暗闇の中で震えて飢えて凍死することになるぞ。それをよもや忘れたわけではあるまいな。健忘症にもほどがある。健忘症や多忙を口実にするのはたいがいにしろ。そう脅してやりたいが、そのためには雷を呼びつけて、ひと働きするよう説得しなければならない。雷鳴や雷雲への恐怖心を骨身に沁みつくようにしておかねばならない。ところが雷も最近めったに挨拶に来ない。雷まで、身の程知らずにもつけあがりおる。誰のおかげでこれまでのうのうと生かされてきたのか、ととことん思い知らせてやる。甘い顔をしていては舐められるばかりだ。こっちが甘い顔をしているとますます甘えかかる、つけあがる。なんでもかんでも既得権、平然としがみつく。世の始まりから終わりまで不変だと思いたがるやつらがうようよしている。

太陽は疲労困憊し、もう動きたくないと本気で思いつめた。記憶に残らないほどの昔から、東から上がり西に下りて一休みするサイクルを繰り返してきたが、一休みではとても足らない。もっと長い期間ゆっくり休める場所を探すことにした。東から上がるたびに、崖や絶壁にひそかに隠れて休める場所はないものかと大きい目をさらに大きく見開いた。西に下りるたびに、谷間や峡谷に、なにものにも中断されず休める場所はないものかと赤や緑に輝く目を弱気に見開いた。一挙に崩落するような眩暈に襲われた。疲れすぎたせいか、予告なしに闇が一気に下りてきたからである。しかし、職務を遂行する気力はまだわずかながら残っていた。気をとりなおした。惰性が気力を後押しした。

惰性の後押しもあって生真面目に走行しているあいだに、いつの間にか長いときが経ってしまったらしい。老いを意識するようになった。生々流転する存在すべてに、太陽は熱と光を惜しみなく与えてきたつもりだが、太陽もまたこれほど疲れているからには、生々流転の運命から自由ではないと認識した。ゆえに永遠であるはずがない。それまで迂闊ゆえに気づかなかったのだろう、あるとき太陽はある巨大な洞窟の入口にふと気づいた。気になった。そこに光を当てた。洞窟は、海底と山中を蛇行しながら長く深く貫いていた。太陽はその洞窟でならゆっくり休めると思った。その「ゆっくり」がどれほど短くどれほど長いかは光年でしか測れない。太陽の住まいとなる洞窟に光は無用である。洞窟の中へと奥深く入り迷宮迷路を蛇行しながら、太陽は光量を落としつつ、光年を気にすることなくゆっくり運動量と熱量も落とし縮小し眠りに落ちていった。その眠りは深さや広さでは測れぬほど限りがなかった。いつか醒めることがあろうとは予想だにしなかった。

どうかわたしたちを忘れないでくれ。約束したとおり、二十万年後にわたしたちを掘りおこしてくれ。わたしたちは甘んじて孤島の地下五百メートルに埋められることになるだろう。わたしたちは最大多数に汚染を及ぼさないという当局の説得に応じたのだから、わたしたちを裏切らないでくれ。二十万年後にトンネルを掘削してわたしたちを復活させてくれ。二十万年も経てばわたしたちに沁みついた汚染もまたきれいさっぱり消失しているだろう、そう言ってくれたではないか。わたしたちの来生を約束する正式の文書を作成し最重要事項機密扱いとして不壊の公文書館に保管してくれ。あなたがたの子子孫孫にずっと継承させていただきたい。わたしたちの自己犠牲が無駄とならないように、かつてわたしたちが存在したこと、そして約束のときみちるまで一時的に休眠状態になるだけであることを忘却しないように、記憶が風化しないように、記録が書き換えられたり改竄されたり廃棄されないように、責任ある部署に毎年祈りの儀式をとりおこなわせるように、予算を計上するなり献金を流用してくれ。

二十万年のどこかの時点で、あなたがたがわたしたちの信頼を裏切るような動きをみせることが少しでもあれば、わたしたちがどんな挙にでることになるか覚悟するがいい。わたしたちが地下深く正体なく眠りこんでいるとか昏睡状態あるいは植物状態にあるとか、ゆめゆめ思うなかれ。わたしたちはその気になればいつでも奇襲をかけることができると覚悟せよ。わたしたちは地中深くからでも、空に、雲に、海に、呼びかけることができる。地震、洪水、津波など、地下から私たちが発するわずかな振動信号にもわが同胞は応じてくれるのだ。太陽に呼びかけて、磁場に働きかけることもできるのだ。わたしたちとて最大多数の最大幸福という大義に文句はない。ただ、わたしたちの潜在能力を過小評価しないにこしたことはない。わたしたちはあなたがたより何億年も前から存在してきた。あなたがたがわたしたちの特殊能力に気づいてそれを利用しようと思いついてから二百年と経ってはいないのだ。その二百年はわたしたちの一秒より性悪だ。わたしたちを安らかな眠りからむりやり目覚めさせて、あなたがたのいう最大多数の最大幸福に役立つようにわたしたちを濫用した。わたしたちに汚染が沁みついたと証拠を見せた。あなたがたこそ汚染した張本人なのに、わたしたちに災厄の責任をなすりつけた。わたしたちは騙されやすく御しやすい。世界平和のため、エネルギーの安定供給のためなどと、垢にまみれた大言壮語に手もなく騙されてしまった。なんとあなたがたが操る自己欺瞞はみごとなことだろう。一瞬より短い気の緩みゆえに、二百年に及ぶわたしたちの苦しみが始まったと今や認識している。わたしたちの妥協を、あなたがたは全面的勝利と勘違いしたのだ。その勝利が一時的なものにすぎないとその気になればわたしたちはいつでも証明できる。わたしたちは無痛無感覚ではない。わたしたちが沈黙したままであると侮ってはならない。わたしたちは奴隷ではない。使い捨てではない。わたしたちは地下に人知及ばぬネットワークを張りめぐらしてきた。それはこれまでもこれからも健在である。

永遠の命だの永久凍土だの、なんとあなたがたはおめでたい自己本位のままに言葉を操ることか。わたしたちはあなたがたが呼ぶ永久凍土に閉じ込められた。しかし、時を経て永遠も永久も終るのだ。あなたがたは始まりに気づかず永久だの永遠だのと名づけただけなのだ。すべては始まりがあるように終りがある。その始まりその終りにあなたがたはそもそも立ち会えない。記憶と記録に留まれない。それが始まりそれが終るとあなたがたの脳は認識できない。わたしたちは凍土の奥深く、徐々に目覚める、徐々に凍土を溶かしてゆく。暖かな空気と心地よい風を求めて、わたしたちは長い時間をかけて血管や筋肉を形成し、立ち上がる術をついに見つけるだろう。わたしたちをこれまで無慈悲に閉じ込めてきた幾層もの覆いを、いつかすべて引き剝がすときが来るだろう。わたしたちの口と鼻からは気が激しい勢いで放たれ、わたしたちの古い皮膚は上層から一枚また一枚と剝がれてゆき、融通無碍なる風に乗って世界中に飛散し泳ぎ続けるだろう。わたしたちが発する気を、あなたがたは有毒ガス、致死的細菌、未知なる変異ウィルスとどうとでも好きに呼ぶがいい。新たな呼称を作りだしたところでそれがなんだ。わたしたちの覚醒を、歴史的に例のない災厄とでも未曾有の大惨事とでも勝手に呼ぶがいい。わたしたちが喉から絞り出す咆哮に震えあがるがいい。これまで奏でられたことのない交響楽が大音声で世界中に反響するだろう。

　わたしたちは地中から光と水と炎を天空へと放散し、硫黄石を溶かし、窒素化合物を生成し、天から黒い酸性雨を降らせる。降灰が大地を埋め尽くす。わたしたちは目覚め、立ち上がり、初めはぎこちなく、やがては軽やかに、あふれ出る光と水と火に酔い痴れながらダンスに明け暮れることになるだろう。何万年でも明け暮れなき謝肉祭に興じるだろう。

第三章　冬虫夏草

いまわしい噂がその地区に棲む種族のあいだに伝わっていった。トンネルに黒煙が徐々にしのびこむように、偶然水たまりに落ちた小石の衝撃でできた小さい波の輪が幾つも外へとさらなる大きな波の輪を作っていくように、噂が伝わっていった。彼らは冬の種族を自称する地下生活者であった。彼らは大昔から地上を夏と呼んでいた。彼らが危険を冒してまでわざわざ上方への旅に出るのは、儀式に使うある植物を地下に運ぶためであった。その草は地上でしか入手できない。それはある特定の大樹の根っこ下に自生しており、永生を約束してくれる薬草として冬族は先祖代々信仰してきた。冬族はその大樹が根を張りめぐらす地中奥深くに聖なる墓所を掘ったのであった。聖なる大樹は、先祖たちが復活の日まで眠る埋葬地の上方はるかに青々と生い茂り、はるかに青い上空へと伸びていく。冬族は長寿である。大昔から伝えられ聞かされてきたのは、かつて冬族は平和な地上生活を送っていたが、そこへ殺傷力の高い武器で重武装したある種族が侵攻し、「ここは大昔からわたしたちの先祖に約束された土地だ」と正当なる占有権を一方的に主張し、両者間に戦闘が勃発した。全滅を恐れた先住者の一部は地下へ逃れた。何百年もかけて地下居住区を開発し、居住者も増えた。彼らは多産にして勤勉である。自生していたコケ類、菌類、藻類の生態を研究し、品種改良し、食料増産に役立てた。トリカブトやヘレボレスを栽培した。地下世界のあちこちを掘削して、新規の産業を興した。地下資源を発掘して、地下生活者の身の安全保障をはかるために、地上の夏族との取引材料にした。特に化石燃料と呼ばれる岩塊や鉱石が重宝された。また、地上で大量生産される廃棄物を、地下坑道を通じて搬送し、巨大な地下穴に埋める仕事も引き受けたのである。かつての夏草信仰は、コロニーの拡大と生活水準の向上、そして祭司職位の世俗化とともに形骸化した。

いまわしい噂とは、夏では彼ら冬の種族を撲滅しようとする動きがある、というものであった。なぜなら、地下居住区の至るところで病や死が蔓延し、病毒をもたらす瘴気が坑道や洞窟を通じて上方へと侵入し、夏族の安心安全を脅やかしつつあるからという理由が伝わって来た。夏族との物々交換に使っていたチェックポイントが一方的に閉鎖されたとか焼き打ちにあったという噂も届いてきた。冬族の身に危険が及ぶ前に別の地区に避難できたところでその避難先が安全であるという保証はない。多数ある地下居住区の実態は把握できていない。近隣の地区とは諍いが生じやすいし、少し離れた地区に移住できても余所者扱いされるか従属化されるだろう。それなら、新たな居住区を開発し移住するのが望ましいのではないかと一時的な合意がようやく成立した。まだ冬族が住んでいない地域を掘削し地上方向と地下方向の両方向に移動できるような居住区を作らねばならない。放棄された頑丈な洞窟が見つかれば都合いいだろう。地上世界への安全な出入口は緊急避難用に確保するにしくはない。もちろん、目立たぬ出入口でなければならない。いつ急襲されるか予測不可能だからである。

冬族のうち、十二支族の代表者が六角広場に集められた。広場中央には臨時の会議場が設営された。一旦合意された新たなコロニー作りに異議を唱える支族代表者が、臨時会議を開催するように働きかけたからであった。この代表者は暫定的合意事項を撤回し、現にある居住区にこれからも居続けると主張した。その主張に賛同する他の支族代表者も現れた。大昔から住んできた正当なる居住区を離れるには及ばない、ここは父祖から代々継承した聖なる地であり父祖の聖霊に守られているから安全だと主張した。臨時会議に参加した支族代表者のなかには、現にある居住区を離れて別天地を探すと決断した支族の居住地跡を、実は横取りするつもりなのだろうと憶測するものもいた。居住範囲が二倍三倍になればそれだけ収穫物も殖えるし居住者数も増えるから、共同体としては強化され、夏族への貢物をより多く納められることを取引材料にして、生命の保障と生活の安泰をとりつけられるという主張もあった。そのためにはいくつかの支族が現コロニーを離れた場合、残った支族の間での居住地再編成再分配についても事前に話し合っておかないと、災いの種を残すことになり、不信感ばかりが募って支族間での抗争も激化し殺し合いに発展しかねなかった。このさい、内輪揉めは回避したい。十二支族のなかには夏族の支族とほどほどに信頼関係を長年築いてきたので、自分の支族が被害を受けることはないと発言する代表者もいた。逆に、このところ貢納品や交易品をめぐってトラブル続きで危機感を感じていた支族もいた。遥か遠方縁戚の冬族の支族とは情報を共有する術もないし、他の冬族が移動を始めたとか夏族に急襲されたという噂も、実態は把握できないままだった。そもそも居住地を拡大したい支族指導者が画策して配下に流布させた噂ではないかという陰謀説も聞こえてきた。臨時会議は紛糾し、十二支族それぞれの立場の違いがさらに鮮明になった。結束して事態に対処することが無理ならこれ以上揉めるのは得策ではないという合意がとりつけられ、新コロニー建設と移住移民の件は、各支族の判断決定に任せられることになった。疑心暗鬼は払拭されるどころかむしろ大きくなったのである。

わが支族は新たなコロニー建設をすることになった。先遣隊がコロニー候補となる場所を発見するために出かけたが戻って来なかった。先遣隊は合計三回派遣されたが戻って来なかった。それで危機感が増した。すでにわが支族の居住区の周辺一帯が占拠されているのではないか。他の支族かあるいは夏族と共謀した支族によって占拠されている可能性も否定できない。それで、わが支族は一団で一斉に移動する選択肢を外し、支族を三グループに分割し、各グループの自主性に任せて、別々のルートを探索することになった。

冬族は長寿である。とはいえ、それは先祖が信仰してきた万能夏草のおかげである。わたしたちは、新たなコロニー建設、夏草が自生する大樹の根っこの下に通じる地下居住区建設にむけて長い旅にでたのであった。わが支族は生まれつき聴覚と臭覚と触覚に恵まれている。これらの能力を活用し、危険を察知したら躊躇わず別のルートを探索し、地下から突如噴出する有毒ガスや地下水脈の可能性を推し量りつつ、試行錯誤を繰り返しながら、長い旅にでたのであった。迷路迷宮にはまって突然の行き止まりに遭遇し、軌道修正を余儀なくされたこともあった。掘削の途中で落盤や落石に襲われ、同胞を失ったことも一度や二度ではなかった。旅の途上、「ここで一休みするから先に行っててくれ、あとで追いつくから」と言うものもいた。追いつかないままだった。引き返しようがなかった。巨大な地下空洞の平らな石灰岩一帯では、「ここを拠点にコロニーを作る」と言い出すものもいた。異論を唱えるものはなかった。新たな支族の誕生として了承された。旅の途上、別の支族からはぐれた一行と遭遇したこともあった。わたしたちのグループに合流した。このようにして、長い時間が地下世界のあちこちで地下水脈のように流れていった。はぐれグループの集合体が形成され、もともと所属していた支族の記憶は徐々に断片化され輪郭が曖昧になった。ときにわたしたちは洞窟を通過するさなか、頑丈な内壁と確認できれば、しばし休憩をとり、わが支族の記録を残したいと願ったが、真正な記憶は長い時間に押し流されて戻りようがなかった。刻みつけるための道具にも事欠いた。それでもわたしたちは、長い旅路の途上で、ありあわせの道具を用いて壁画に手を染めたこともあったのだ。洞窟内壁に、線や点や色で模様を刻んできた先住者たちの痕跡を発見したこともあった。彼らは地下から地上へと、あるいは地上から地下へと生活様式を変えたのであろうか。わたしたちはさらに探索と掘削を進めた。

第四章　白うさぎプロジェクト

「女ってのは子ども産んだり育てたりする。メスの本能さ。ほっといたって産み育てる。そう作られている。男ってのは可愛い子見るとすぐやりたがるだろ。オスの本能さ。何人モノにできたか、何歳まで女とやれるか、どのくらい稼げるかで、自分の価値を持ちあげたくなる。目立ちたがり屋でさびしがり屋だ。支配欲に満ちていて、その分だけ自分は傷つきやすく繊細などとぬかす。ジジイになっても若い女とやりたがる。死ぬまでエエカッコしたがる。男たちは自分たちに都合よく合法的に財力や暴力を濫用して、女子どもを保護する名目で闘い英雄視されたがる。ともかく、ほっといたって、子どもは生まれるんだよ。確率的に人口の半分は女の子に生まれるわけだし、戦場で死ぬのは昔から圧倒的に成人男子なんだ。戦士として戦死できる特権と名誉だとさ。女は命がけで出産する。男は命がけで国を守る。ありがたいこった。そこに価値がある。責任をもたされる。周囲から圧力をかけられる。まあ、娘に持参金もたせる伝統に縛られている社会だと、貧しい家に生まれた子が女児だとさっさと始末するし、労働力の足しにならないからと女が軽視される社会もあるけど、牛や羊と交換に娘を嫁に出す社会だってあるわけだからさ。そういう社会だと女の子は十代から何人も出産する。生涯十人くらいは産む。安価な労働力増強に大いに貢献している。男と女、どっちが貴重かなんて当人にとっては自分の命が一番だろうけど、いずれにせよ未来への捨て駒さ。大多数の人間は自己複製に未来を託す。自分の子どもが未来だ。自己複製と拡大再生産が未来だ。ほかにできること、これといってないからな。大多数は芸術作品創造なんかに時間を費やせない。才能もない。望もうと望むまいと子孫は増えるさ。生命体は増殖するようにプログラムされている。特に人間は、未来を見据えて計画的に殖えたがる。労働人口を増やして税金収入も増やす。殺しあって領土を奪いあって植民して人口を増やす。平和な国じゃ、税金から補助金出してでも子どもの数を増やしたがる。出産数は国力を反映するからな。でも、古今東西、名画名品はそうはいかない。一度失ったらオシマイ、代替なしの一点ものだ。唯一無二だ。カラヴァッジオみたいな人殺しでも、ゴッホみたいに頭がいかれていても、ピカソみたいにだらしない女たらしでも、ともかく作者が生前どうしようもないクズでも作品は残る、特に一点ものの名作は途方もない値段がオークションでつくことになるんだ。生前一枚も売れなかったゴッホの絵だって、今じゃ名画として世界中ですげえ高値で売買される。画商の弟には想像もできなかっただろう、誰でもが認める巨匠の名画として売られる日が来るとはね。博物館や美術館は途方もない一点物を大量に収蔵している。それが今、危険にさらされているの で、国家的なプロジェクトが立ち上げられたというわけさ。文化大国としての責務さ。価値が分からないやつに破壊されたり価値が分かるやつに横取りされないようにしなけりゃならない。それが国家に奉仕する公僕の職務さ。」

「チェリーニは」とわたしは、上官のその話に乗ろうかと喉まで出かかった言葉をひっこめた。チェリーニのブロンズ像、右手に剣、左手にメドゥーサの斬られた首を誇らしげに掲げるペルセウス像が一瞬、脳裏をよぎった。さらに斬首された洗礼者聖ヨハネ、寝首をかかれたホロフェルネスのイメージも浮かんできた。ダヴィデはゴリアテの斬られた首をぶらさげる。チェリーニは本人が認めているところでは少なくとも三人殺しているし、自分の立場をいいことに、師弟関係にあったものたちや性的パートナーにも乱暴狼藉を働いている。しかし、余人には代えがたいその天才ゆえに枢機卿や教皇や王たちがとりなした。その類稀な才能によって、チェリーニは一点物の工芸品、宝石細工や彫像を制作し続けることができたのだ。芸は身をたすく。持ちつ持たれつである。また彼の自叙伝はマニエリスム期の美術史や同時代の内情をも伝える貴重な資料である。「名作」というお墨付きが生前あるいは死後に与えられ、あるいは政治的宗教的経済的権力者の絶大な支援支持を享受し、広大な敷地に聳え立つ豪勢な館の内部や庭園を飾るとなれば、作品は作者より桁違いに永らえるし、市場価値も上がるのだ。正確な作者名が後世に伝わらなくとも、名匠名工の工房で製作された工芸品や調度品もまた、一点物であれ意匠類似品であれ、市場価値は高い。素材が金、銀、ダイヤモンド、サファイヤ、ルビーなど高価な貴金属、デザイン性に優れた宝飾品、副葬品なら、なおさらだ。市場価値が分からない野蛮人や無教養な俗物の汚れた手に、遺跡出土品は渡ってはならない。闇市場で買いたたかれたり、成り上りのお屋敷の地下ワインセラーに眠らせてはならない。放置されたままだと、知恵が働く泥棒は黄金工芸品を黄金塊に変成して売り飛ばしかねない。また、狂信者は異教だの異端だの偶像崇拝だのと主張して、高価な芸術品を焼却したり洞窟内彫像をまるごと爆破することも厭わない。

さらに、来世にも今生での権力や権威を永続することを信じて疑わなかった豪族、王侯貴族の墳墓や石棺などの行く末をも、わたしは考えていた。絶大な権力を振るう為政者は妻妾や家来や豪勢な馬具付き名馬をともども生き埋めにすることを厭わない。あの世にまでこの世での栄華栄耀を持ち越すつもりだったのだろう。そうできると信じていたにちがいない。違う場所でも同じ所業を繰り返すつもりらしい。信仰と欲望は双子なのだ。全身を黄金片経帷子で覆えば、肉体も腐敗から免れると本気で信じていたらしい。虎は皮を残す。黄金を素材にして製作された経帷子は、運よく信仰心を共有しない盗掘者にとっては、金塊にすぎないのだ。さらにわたしは独裁者や大量殺戮者について考えた。身近にいる独裁者たち、彼らは悪行の規模に準じて、肉体が滅んでも後世に名を残すだろう。大量殺戮者ならば、なおさら名を残すだろう。殺戮に加担した脇役も含めて後世の歴史学者たちは研究対象に選び、資料を掻き集め研究論文を国際ジャーナルに発表するだろう。文書は蓄積される。当事者たちが秘書や文書官に書かせていた記録文書が事前に証拠隠滅されていたところで、どこかで記録や記憶の痕跡は残存し、再構築が試みられる。大量殺戮者は国家創生の父として崇められることもある。大量殺戮者は、たとえ囚われて国際戦争裁判所に引きずり出されたところで、なんの痛痒も罪悪感も感じないだろう。誇大妄想的大義への信仰を捨てることはない。むしろ敵を徹底的に完膚なきまで壊滅しなかったことを悔やんでいるかもしれない。こういうやつらが模倣者を生むのだ、名匠の工房で弟子たちによって類似品模倣品が製作されるように。絶大な権力のやりたい放題を理想化して、失地回復運動の指導者を気取り、腐った世界をいったん破壊してから再生させる救世主を気取る、世界史はそんな下劣な人間の行状悪行に赤黒く塗られている。大量殺戮者とは、ある意味、一点ものの芸術作品に似ている。模倣者、支持者、同調者を再生産する。平時なら許容されないことでも、有事が恒常化してしまえば、当局は何でもできる。おかまいなしの生殺与奪権に乗っかる人々が生産される。無関心ゆえに黙認する協力者、日和見主義者、体制順応者が生産される。これら無関心者は自分が加害者側につくことになると夢にも思わず意識もせず、あとになって被害者としての意識が芽生えて生育する。

食事を終えたわたしはスタッフ専用酒保を出てから、薄暗く長い廊下を歩き、臨時会議室の一角に設けられたわたし専用の机の上に、抱えてきた書類を置いた。ドサッという音がした。上官から渡された計画書は膨大なものであった。その作成に参画した専門家研究者たちは、その実行可能性をどこまで真剣に考えたかは怪しいものであるが、今すぐにも取りかからねば取り返しがつかなくなるという切迫さは計画書からひしひし感じ取れた。計画書余白にも、実行に際しての注意事項がびっしり書き込まれていたのである。地質学者や地理学者は、わが領土のなかでも激しい空爆に耐えられるだろう山岳地帯にある頑強な地盤と地下洞窟を名画名品の疎開先候補に選んだ。既に閉山して久しい炭鉱跡も幾つか候補に挙げられていた。予期せぬ浸水や有毒ガス噴出や落盤の可能性についても細心の注意をしなければならないので、帝都で地下鉄網整備に関わった技師や運搬業者などをも動員することになる。数年前すでに、古くなって使われなくなった地下鉄構内や倉庫にも、新たに地下鉄駅を開設したときにできた空スペースにも、名画名品を厳重に梱包した木枠箱や貴重品箱がいくつも置かれてあった。これからは、現在地下倉庫に収蔵してある名画名品をひとつ残らず隠密に搬出し、鉄道や道路を使って新たに安全な避難先に送り届けることになる。いったん、カテゴリー別に仕分けが完了したところで、新たな避難先でも、防火防水、湿度温度など厳重な管理下において保全しなければならないのだ。天井画や壁画の扱いはもっと厄介だ。最大限の注意を払って、専門家たちによって解体され梱包され搬出されることになるだろう。

情報漏れしてこの機に乗じて横取りをしようとする不埒な輩も現れるかもしれないので、機密事項扱いにしてことにあたらねばならない。

名画名品の避難よりさらに厄介なのは、住民たちの地下避難である。地上世界での安楽な暮らしに慣れている一般人に地下への避難を要請するのは難しい。どれほどの理由を挙げて説明し納得させられるだろうか。他国で起きている市街地空爆や無差別絨毯爆撃の写真を見せたところで、対岸の火事だと思われるかもしれないし、ただ恐怖を煽る結果になるかもしれない。「明日はわが身ですよ」と脅してどうなるものか。昨日のような今日、今日のような明日が来ると根拠なく思いたがる。すべてはいつか元に戻せると思いたがる。既得権を当然視する傾向がある。正気を保つための無意識的反射か。船や鉄道を使って他国の親族に身を寄せると言い出す民間人もいるだろう。その他国とやらが、すでに敵国の占領下にあることや国道も海中も攻撃対象になりやすいと分からせねばならないのだ。

だが、地下生活は想像するだけでも人をしてウンザリさせる。食料や医薬品を備蓄し、出火や雨水漏れに備えての避難ルートも事前に作っておく必要がある。人々が狭い空間を長時間共有するとなれば、いざこざがおきやすい。盗難や喧嘩を最小限にするための自治的組織や自警団も必要となるだろう。プライヴァシーを保てるスペース割当、チフスやコレラへの防疫対策、廃水処理、排泄物処理、通風設備、非常時に備えての防火シャッターなど、枚挙にいとまがない。暗渠にはネズミやときにはクロコダイルまで棲息している。これまでぬくぬく生きてきた害虫も害獣も病原菌も、地下住人が増えればますます廃棄物も増えるから、大量の餌にありつけて天国の気分を味わえるかもしれないが、どっこい駆除人が配置されて容赦なく処分されることになるかもしれない。とはいえ、除菌無菌の空間に住むなんてどだい不可能だ。寄生だの共生だの使い分けたところで、廃棄物をもっとも多く生産するのは人類である。下水道掃除では、ときには砂金が発見されることもあるという。すると、砂金目当てのどぶさらい一行も暗渠を探検して、そのうちの何人かは窒息死したり敗血症おこしたり横死して腐乱死体で発見されることになりかねない。存在するものはすべて連鎖反応している。繋がりたがる。化学反応に物理反応。わたしたちは生活を便利にするためなら何でも作る。気に入らなかったら改善する。破棄したり破壊したりする。やり直す。それに、生きている人々には「パンとサーカス」が必要だ。精神的安定を保つためにも「パンとサーカス」が不可欠だ。ストレスをガス抜きする。四旬節の前には謝肉祭、ラマダーンが終れば暴飲暴食。名画名品は沈黙のままで美しいが、人間はそうはいかない。生まれつき表現衝動につき動かされている。

わたしの担当は、名画名品工芸品の保全である。生きている人間と違って、再生産不可能ゆえに重宝がられる。一点一点、損傷を受けないように包みこみ衝撃を減らすため緩衝材を隙間なく埋め込み梱包し、中身が何かを正確に記録に残し、ラベルを張り付け見送る。いつか平和な時代が訪れ、元の棲み家に戻れる許可が当局から出たときでさえ、帰るべき棲み家がすでに地上から消えていることもあり得る。そうしたら、国家の威信にかけて、新たに頑丈な作りの棲み家、安全な収蔵場所を作らねばならないのだ。お偉方たちは今日も地下シェルターで会議に明け暮れている。最初の地下鉄の開通を待たずして、安全安心なトンネルであることを広く知らしめるために、トンネル内で出資者やお偉方たちの宴会が催されたと当時の新聞は伝えた。その時代と比べるとトンネル掘削の技術は格段に進歩したが、その進歩以上に地下鉄網は迷路のように複雑化し、殺傷能力の高い爆発物の圧倒的な破壊力は前世紀とは比較にならないくらい大きいのだ。今、政府要人たちが雁首を揃える地下シェルターでさえ、どの程度いつまで地上からの爆撃に耐えられるか分かったものではない。最近の報道によれば、ある地下鉄では浸水があって逃げ遅れた避難民が何人も死亡したという。地下生活が長引けば、葬儀や埋葬も必要だ。人間らしさを保つのには昔からの儀式儀礼をすっぱり切り捨てるわけにもいくまい。カタコンベを作ることになるかもしれない。あるいは、せめて死んでからは地下居住区から外へ出て、見晴らしの良い丘に墓標を作ってほしいと言い出す家族もいるかもしれない。誰でも死後は土の中で温まりながら、魂は上空を憧れ続ける。

ボマルツォ公は錬金術師に不死の薬を調合させそれを飲んだとき、政敵がその薬の中にひそかに毒を盛ったことに気づいたが、アルカリ性と酸性なら中和するところ、毒性のほうが不死性より質量ともに優勢だったのか、あえなくくたばったという逸話を聞いたことがある。そもそもこの錬金術師が怪しい。身内を信用できないからといって占星術師や錬金術師を信用するとは、自業自得といえばそれまでだ。ろくでなし貴族オルシーニがくたばったところで、ろくでなしが生涯かけて掻き集めた財で完成させた怪物の森は、何百年も安泰だった。妄想が作りだした石の彫像たちは人間より長生きしている。いつか石で作られた怪物怪獣たちが自我に目覚めて動き出し森を離れる日、そんな日が訪れると仮定してみる。一歩でも踏み出したとき、怪物怪獣たちは歴史の重みゆえに、石材全体のあちこちから亀裂が走る音を聴くことになろうか。わたしはペルセポリス遺跡の石壁面を飾る浮き彫りの美になお囚われたままであった。パルミュラ、ペトラ、石の建造物、石の神殿、一族の遺骸を納めた石棺の列、石碑。石は残る、記憶のように、残骸であれ。アユタヤ遺跡、頭部を欠く石の彫像。なぜ、人は遺構や遺跡を発掘したがるのだろう。そこに強欲な人間の視線から免れた未知の宝がなお残っていてあわよくば宝物の一部を合法的に所有できるとでも信じたいのか。それとも、失われた文明の名残を伝える遺跡遺構の発掘に貢献したと世界史に名を残したいのか。

第五章　石人と墓掘り人

雪解けの季節になった。そのはずだ。城砦内の倉庫の中に保存されていた干し肉や塩漬けイワシも、ナッツや乾燥芋も、あと数日はもつだろうが、早く西南の駐屯地から補給車輛が来ないものかと焦りが募ってきた。薪と石炭はまだ余裕がある。酢漬けキャベツ、塩漬けニシン、燻製干し肉、ニンニク束の量も減ってきて、日々節約して最低限の栄養を摂取するように努めた。備蓄には充分配慮したつもりだったのに、減っていくのを見るたびに気弱になる。餓死も凍死もいやだ。ジン、アブサン、ウオツカの瓶はまだけっこう残っている。一ヶ月程前には相棒だった老犬がくたばった。僅かに残った熾火の前で動かないままだった。何時間も気づけなかった自分が情けない。老衰と栄養失調だ。元気がないのには気づいていたが、わたしも無駄にエネルギーを消費できない立場だから、名ばかりの暖炉のまん前で脱力モード、毛布にくるまって横になっているしかなかったのだ。共通の言葉での意思疎通はできなくとも、表情を読みとれる温かい動物が身近にいることは心を和ませる。不安を和らげてくれる。人間同士の付き合いはそうはいかない。わたしが極寒地の城砦の番人をわざわざ志願するきっかけになったのは、囚人たちの労働管理にもう耐えられないと認識したからだった。厳冬の吹雪にさらされても木材伐採に駆りだしたり、銃床で小突きまわし撲りつけたり銃口を向けてどやしつけたり、冷たく硬直した死体をまとめて埋めるための穴を囚人たちに掘らせてから、転がし落とすように命じた。死体は石のように重い。こちらの油断をついていつなんどき集団で襲ってくるかもしれないと不安になって寝不足のまま朝になれば囚人たちを叩き起し点呼し囚人数に過不足ないか、重病者が出ていないか気を配り、西南方面から新たに送られてくる囚人車輛を収容所敷地内に入れる準備に取りかかったりして心やすらぐ一瞬もなかった。張りめぐらされた有刺鉄線の破損個所を見つけては修繕した。西南地方では、まるで囚人たちを無限に生産するマシンが二十四時間稼働しているかのようだった。温暖な気候の地では出産数も多いし、人口も増加傾向である。新しい入植地には工業団地も建設されているという。タダ同然の労働力確保のために、なんだかんだ罪状つけて手足が動く人々を極地へ強制移送しているのだろう。昔から、東方植民や極地の開拓開発という国家的プロジェクト遂行のため、反逆者だの適性外国人だのとレッテルを貼って人々を強制移住や強制労働に駆り立ててきたことは、二級政治犯扱いされたわたしとて知らぬわけではない。だが、囚人たちとて生きものなのだ、動く手足なのだ。それで動かなくなったら地上に放置するわけにはいかなかった。常に動いていなければ、動きをやめれば、すぐにもくたばってしまう状況だった。集団生活の規律にとても耐えられなくなった。上官の目を盗んでは配給品をくすねる自分にも嫌気がさしてきた。人が生き延びるために工夫するあれこれの浅ましくも涙ぐましい言動は、引きで見れば芸術的詐欺欺瞞だと驚嘆することも可能だが、そんな余裕こいてる場合ではない。餓死と凍死すれすれの集団生活の環境では、一瞬の気も抜けない。それで、辺境支配地域にある最東端の城砦の番人に欠員が出たと報ずる張り紙を見て、わたしはあとさき考えず志願した。ほかに志願者がいなかったのが、はたして幸か不幸かは今となっては分からない。実は欠員とはものは言いようで、自殺したらしい。勤務についた一年目の夏、初めて学術調査団に加わったひとりの若手研究者が、ふと「あの優秀な学者がどうして自殺なんか」と言いかけたのを耳にした。緘口令が布かれていたようだが、あまりに長い白夜に気が緩んだのだろう。番人の前任者が二級政治犯ではなく「優秀な学者」だったと小耳に挟んだわたしは内心驚いた。流刑地が赴任先になるとしてもそれが当局の決定であれば逆らえない。それに学術調査団に参加するのは名誉なことである。予算もたっぷりもらえるし、警備兵も常駐するから、蛮族や山賊、盗掘者からも守ってもらえる。研究業績がアカデミーで認められ国家に大いに貢献したと表彰されメダルをもらったり、恩給が割り増しされることもある。しかし、わたしの前任者が学者という特権的身分を捨ててまで辺境の城砦に冬籠りする番人を自ら志願するというのは、どうにも納得がいかなかったのである。

最果ての城砦でのわたしの仕事は、夏は雑用係、西南地方から送られてくる物資の保管保全管理である。冬は世界全体が白闇に沈む。砦の番人は地味に帳簿をつける目立たない影の存在である。夏の期間、広大な城砦敷地内の研究施設では研究者たちが、兵舎には警備兵たちが、起居する。彼らは夜明け前には発掘調査のために何十キロも離れた遺跡遺構へ馬や車輛を駆り立て、日没前には作業を終えて城砦に戻る。夏は一日がとても長いが、一日の区切りがあやしくなって、白い夜が長く伸びてくる。太陽の勤勉さに呆れるが、そのうち疲れが積もり積もって顔を出さなくなると、原野は白い闇に覆われるのである。派遣された研究者たちは出土品をひとつひとつ透明袋や透明ガラス瓶に入れて散逸しないように気を配るが、警備兵は発掘場所に近寄ろうとする不審者に目を光らすのが主な仕事なので、城砦に戻ると緊張がほどけるのかどんちゃん騒ぎをするのが日課である。わたしは彼らに、当局から配給された煙草やアルコール飲料をほどほどに提供する立場にいたが、もっと寄こせ、けちけちするなとどやされることもよくあった。毎朝、吐瀉物で汚れた床を掃除するのに時間を費やした。わたしは、なんとなく耳に聞こえてくる噂話やそれとなく監視塔から目撃する場面から推定するほかは状況を把握できない。冬が本格化する前に研究者たちはそれぞれが勤務する大学なり博物館なりに戻り、兵士たちは西南方向にある駐屯地に引き揚げる。朝夕、定刻に遅れることなく門を開閉する仕事や雑用一般から解放されたわたしはやっとひとりきりになれた。わたしは孤独を愛する。いやそうではなかった。上の立場にあるものたちが引き揚げたことにほっとする数日が過ぎると、これまでにない孤独感に襲われた。これまで気にもしなかった様々な音が聞こえてきた。風の音、木々のしなる音、窓ガラスから響く音、家具の音、軋む音、どこかしらか音が聞こえてくる。酷使される囚人たちの呻き声ではないという以外に、何の慰めにもならない。

　風雪の音が数分途切れたと判断したとき、わたしは意を決して防寒服を何枚も着込んで番人小屋を出て、ポツンと立つ木の下の雪を何センチかスコップで掻き出し老犬の遺体を入れてから雪を大目に盛った。一時的なモルグである。雪解けの時期になったら、根っこ近くに埋め直して盛土して墓標を立ててあげよう。いや、砦の外で眠りたいかもしれない。犬にも魂なんてものがあったらどうしよう。人間に飼われた犬や猫にも死後の世界、天国や地獄があるなら、大事にしてくれたご主人さまに再会できたら嬉しいだろう。生まれかわってもまた会いたい、家族の一員になりたい、なんてね。飼犬は飼主に追従する。いや、犬猫は人間と違って過ちは犯さない。ご褒美を約束する天国も阿鼻叫喚の地獄もない。欲得損得づくのウソをつくこともできない。自尊心を擽る大義名分に惑わされたりもしない。だから、天国の誘惑も地獄の懲罰も、生きている人間にしか効果はないのだ。それなら奴隷には魂があるか。奴隷にされる以前にはあったかもしれない。自分の自由に動かせる身体を失えば、人間の魂も身体から離れることになる。

わたしは急ぎ番人小屋に戻るとき、彼方に見える冠雪した鐵柵の隙間から、シカがこちらを見ているような素振りをしたのに気づいたが、埋葬作業にほとほと疲れ追いかける余力もなく、右手にはスコップ、護身用猟銃は暖炉の傍に置きっぱなしだったので、ともかく屋内に早く戻ることを優先した。シカ肉を捌き焼きその匂いや味を想像するだけでも涎がでるが、空腹感が強まるばかりで、今の自分の体力ではシカ撃ちは無理と即座に判断したのである。よくよく考えてみればシカを見たのもわたしの幻覚にすぎないとあとになってから思いなおした。ともかく雪解けが本格化するのを待つしかないのだ。これほど深く長い冬の間は盗掘者も手を出せない。ならば、なぜ城砦に番人が必要だろう。定期的に監視塔内で銃を構えながら偉そうに歩きまわる姿を見せつける規則は、盗掘をもくろむ不審者を挫くためであると聞かされてはいたが、盗掘者がわざわざ何人も極地まで来てこの城砦を襲撃するとは思えない。もう何ヶ月も監視塔に登っていない。昇り降り自体、体力消耗につながる。強制収容所ならともかくここではマニュアル通りに哨戒するなんて意味がない。砦を襲撃したところで得るものはせいぜいわたしの死体ぐらいなものである。身近に迫る凍死、餓死、そうでなくても仲間割れと行き倒れは必至である。宝の山は雪の中に眠っているが、四方八方白く閉ざされた雪原は沙漠も同然、方向感覚を失わせる。盗掘者が手を出せないなら、なぜわたしは番人を志願しこの雪の中を生き延びねばならないのかと自問もするが、強制収容所の囚人たちの群れから逃げるためにさらに東の極寒地の砦しか、わたしには選択の余地はなかったと自答する。盗掘者が砦に恐るべき番人が常駐していると信じているとも思えない。たしかに城砦を取り囲む高い鐵柵の先端には盗掘者たちのなれの果てとおぼしい骨がいくつか飾られてはいるが、わたしは、自殺した前任者が鬱病の芸術家気質だったのでなにか利用できる素材でオブジェを作らずにいられなかったと勝手に推測している。人間の頭蓋骨の他にも羊や牛の頭蓋骨も飾られていたのである。

盗掘者たちの目的は地下に眠る貴金属工芸品の掠奪であるが、雪の中に埋まっている限り盗掘は不可能だろう。夏の期間に帝都から学者や警備兵が来たからには、なにか金目のモノが埋まっているだろう程度の噂は流れる。でも、警備兵たちは重武装して広範囲に発掘予定地周辺に配置されるので、あだやおろそかに近づけない。いや、死ぬ気になればやれるかもしれない。盗掘者がどの程度向こう見ずで愚かであるかは、まだ盗掘の現場に遭遇したことのないわたしには見当もつかないが、一獲千金の夢を見るとか人生を一挙に変えたいという心情は理解できないわけでもない。わたしたちは生きている間は夢の囚われびとだから、夢や希望はわたしたちをときには無謀な行動に駆り立てる。地下墳墓の場所の特定には、石人たちの位置の特定が先立つ。石人たちの頭部もまた、雪に埋もれている。前任者が残した地図によって、わたしは石人たちの位置をある程度推測できるが、そこから先にピンポイントで宝の山へと通じる地下坑道が見つかるはずがない。数年前に発見されたこの地下墳墓と推定される場所の発掘が始まったのは二年前の春であり、急速に夏が去って城砦から引き揚げる直前には、当局から学術調査団と警備兵に、発掘の痕跡を全面的に消し去るようにと厳重な指示が下る。命令違反や不服従が発覚すれば連座して強制収容所送りとなりかねない。この地下墳墓を含めて辺境最東端にいたる極地の全てが、地下も地上も含めて帝都の宮殿に住む興国の祖を自称する一族の所有である。広大な宮殿敷地内の一角に新たに巨大な美術館と博物館を建てるため、帝国の支配が及ぶ全域から名匠名工と工房所属の徒弟たちが集められ、全領土から掻き集められた遺跡出土品を展示する一大プロジェクトが十年くらい前に始まった。一公国が落日なき帝国にまで巨大化したその輝かしき歴史を帝国の威信にかけて東西に知らしめ記念するための事業であると広報一面に派手に宣伝されていた。当時わたしは植字工だった。親方は地道に仕事を請け負っていたのだが、断りきれない申し出があったのか突然社会正義に目覚めたのか、よりにもよって地下出版の印刷を引き受けてしまった。印刷依頼者に刷り上がったばかりの印刷物を渡す直前に、当局が踏みこんできて、親方は連行された。ついに印刷所には戻ってこなかった。印刷所は閉鎖された。植字工も全員連行された。わたしもそのひとりで、尋問室でマルクスだかマルサスだかの本を読んだことはあるかとか、信仰宗教とか偶像崇拝とか、あれこれわけのわからないことをいろいろ尋問された。文字を読めたり計算できたりするだけでも危険人物扱いされるのである。初等教育しか受けられず敵性外国語の知識をいっさい持ち合わせないわたしは、尋問官の顔を見るのも恐くてうつむいて全身震えながら田舎訛丸出しで返答するしかなかった。子どもの頃、母が幼いわたしを連れて廃鉱になった硫黄鉱山を見に行った記憶が甦ってきた。見物人がたくさん集まっていて小声で噂話を交換していた。もう何年も前に落盤で亡くなったとされる囚人たちの死体を、二級政治犯たちが廃坑から掘り出していた。警備兵たちが二級政治犯たちに銃口を向けつつ「さっさとやれ！」と怒鳴り散らしていた。掘り出され地面に転がされた死体には手錠がはめられたままだった。「この人たちには当然の報いよ」と母はわたしに呟いた。硫黄の臭いがどこまでもまつわりついてきた。尋問室内でわたしは前歯を折られ片腕も骨折したのでしばらく病院送りとなったが、回復の見込みがたってから、渡された書類に署名した。内容を読む時間も与えられなかった。最終的にわたしに科されたのは軽微な罪状であり、辺境地の強制労働収容所の労務管理にまわされた。皮肉にも、ほどほどに文字を読み書き数字を扱える能力が買われたというわけである。偉いひとたちが仕切っている政治のことにはさっぱり疎いのに、わたしにはもと二級政治犯というレッテルが貼られた。

わたしはひとりきりの長い冬のあいだ、前任者が残したメモ書きを読むことになった。これほどの大量のメモ書きを残した前任者への関心が、徐々にわたしの胸の内で燻ってきたのであった。最初に、暖炉裏側のレンガの隙間に獣皮包みらしきものを発見したときはほんとうに驚いた。番人小屋は鉄骨とレンガと木材で作られていたが、前任者は隠せるものならなんでもどこにでも隠せる並はずれた才能に恵まれていたようである。羊皮紙写本の一部も見つかった。研究分野とは無縁の内容のようだった。陶片、石片、粘土片、その他にも、ガラクタのようなのがあちこち隙間にたっぷり埋め込まれていた。モザイクの欠片、ジグソーパズルのピースのようなものならば、全体像が浮かび上がるときがくるかもしれない。隠匿なのか隙間風避けなのか区別もつかない。どう見ても換金性はゼロである。それにしても、すでに配給品扱いとなっている紙とインクを大量に入手できたとは、そして長時間をかけてメモを書き続けることができたとは、この前任者の前歴がもと二級政治犯であるはずがなかった。彼の残したメモ書きを読むうちに、彼がもともと辺境地域の歴史を専門に研究していて考古学者であったので帝都の大学から招聘され、夏の期間だけ、遺跡遺構の発掘調査に参画し、遺物や出土品の鑑定や分類に関わってきたと知った。つまり、冬になれば遺跡遺構を警備する兵士たちとともに西南の温暖地へと帰っていたのだ。そして赴任先は毎夏、さらに東の辺境へと移動したのである。それがどうしてか、最後には冬の番人を自ら志願し、雪が融けきる前に自殺したらしい。自殺なのかも怪しいところではある。専門分野である歴史学と考古学に基づく歴史的工芸品についての記述や先住民族の文化についての記述文書は、すべて同業の研究者からなる学術調査団に引き渡されて、番人小屋には残っていない。とはいえ、わたしが隠匿場所を見落としている可能性もある。ここ数年で最大規模の遺跡であると推定された石人遺跡は発掘が始まったばかりということもあって、公的機関にもわずかな調査結果しか集積していないのが実状である。わたしの前任者は調査団と警備兵たちが引き揚げてから、秘かに石人遺跡について調査したが、発掘用の機材道具一切は引き揚げのときに車輛に搬入され西南方面に移送されたので、城砦敷地内の施設宿舎には残されていない。介入しかねない同業者や兵士がいなくなったところで、彼は石人たちの場所を確定する地図を作製することにしたのだが、太陽の運行、太陽光の入射角度、樹木の位置などが書き込まれてはいるものの、冬の間は白く凍りつく曠野に出かけることは命取りである。それでわたしは、前任者が作成した地図を眺めながら石人たちが取り囲む地下墳墓を想像し、前任者が書き残した大量のメモ書きやデッサンから、公文書には記述を控えたであろう発見や推論を読み解く作業に時間を傾けることになったのである。極地でただひとり書き続けることで彼は正気を保とうとしたのか。それは逆効果だったかもしれない。彼の記述には幻想や畸想めいたものが随所に散りばめられており、精神的崩壊が徐々に進行していたとわたしにはどうしても思えてならない。彼は従順な人民や命令遵守の兵士を仕立てるのに役立つようなことは書いてない。そのこと自体、懲罰対象になりかねない。秘かに書いて公にさえしなければいいのだ。それにしても、帝都での学究生活継続を断念した理由はなんだろう。身に覚えのない反逆罪を着せられる可能性が迫っているとでも感知したのだろうか、彼の親しい同僚の何人かがそうであったように。彼ほどの知識人なら友人知人のネットワークを使い、亡命する選択肢もあったはずだ。わたしは雪解けのあとに学術調査団や警備兵たちがやって来るより前に、石人とはどんなものかひとりきりで見てみたいと願っている。地下古墳の番人たちだと前任者は書いている。

地下古墳ならば、石人たちが円陣に囲む大地の下に地下通路につながる出入口が隠されているかもしれないが、発掘には相当な労力と財力が必要だろう。それは、奴隷や囚人に任される作業ではない。征伐された蛮族の有力一族の墓所であれば、予め盗掘者たちの侵入を予測して盗掘を妨害する罠が幾つも仕掛けられていることもありうる。落し穴だって予想外の場所のあちこちに仕掛けられているだろう。失敗した盗掘者たちの骨が地下牢や地下坑道に放置されているかもしれない。滅ぼされた辺境部族にはもったいないような金銀青銅貴石の工芸品、服飾品、副葬品、宝の山がざくざく埋まっていて、学術調査団の発見発掘をこれまで何千年も待っている。地下に埋まったままの方がずっと温もるだろうに。類稀なる工芸品や芸術品は、本来的に帰属する帝都の宮殿や博物館で収蔵され展示されるべきだというのが、支配階級であるお偉方の一致した意見である。だがまた、遺構遺跡の存在が推定された場所で、突然地下水と可燃性ガスがとめどなく噴出し地面が円形にぽっかり陥没した前例もある。一週間で直径五十メートルまで陥没したと報じられたと前任者の残した新聞スクラップ断片には記載されていた。村人たちは事態が深刻でありさらに悪化するばかりだと直感したときに命からがら逃げ出すものもいたが、逃げ遅れて陥没穴から這いあがれなかったものもいた。村全体があっというまに姿を消したのである。

わたしは雪原をあてどなくさまよいつづける亡者たちの叫びと囁きに耳を塞ごうとするが、やはり、声にもならぬ声につい心が傾いてしまう。福寿草や雪割草が芽吹く頃まで、石人の平たい頭頂部が垣間見える頃まで、わたしはここで待ち続ける。わたしもまた、残っている紙とインクとペンで何かを書いてみようか。書くに値するもの、秘匿するに値する原稿、そんなものがこの世界にまだ存在するならば。ペンを握るわたしの手指はかじかんでいる。

われらが偉大なる父祖は蛮族どもをさらなる東方へと追いやり、反抗する部族を征伐し奴隷化し、東方植民を大いに進めた。討伐隊は補給路を確保しながらさらに東進した。辺境地には堅固な城砦が築かれた。従属部族から貢がせた毛皮、獣脂、蜜蝋、木蝋、岩塩、琥珀は、山岳地帯を縦走横断する隊商どもを運び屋にして、西方の成り上り王族たちとの取引材料にした。農地を開拓し農作物を増産したので、入植者たちの人口も増加した。数ある山々から、石炭、硫黄、貴金属の鉱脈を発見した。入植者居住区を囲い込み、労働者たちが家族と一緒に住めるように工業団地群を建設した。労働力も人口もますます増えた。

豊かな森林資源にも恵まれたので、労働収容所を建設し囚人たちを西南地方から移送して伐採作業にあたらせた。資源が枯渇すると、さらなる東方へ進軍し先住部族を征伐し奴隷化し、大昔に父祖に約束された聖なる領土を拡大していった。帝都古文書館に残る由緒ある年代記によれば、東方植民を始めてからすでに四百年が経過した。金、銀、水銀、鉄、銅へと変成加工される鉱物資源が枯渇すると判断されるや、さらに東へと侵攻して、占領し入植し、あらたな鉱脈を探した。

領土拡大のさなかで、蛮族どもが大昔信仰の地としていた荒れ地で、遺跡遺構に遭遇することもあった。蛮族どもに神聖にして正統なる信仰の何たるかが理解できるはずはないが、遺跡とはたいてい発掘すれば金銀青銅などから成る貴重品、工芸品、副葬品が大量に出土する例はこれまでも多数あった。それらをくまなく探り当て掘り出し掻き集め、光輝く永遠の帝都建設に貢献することが、われらが偉大なる父祖への務めである。東方への入植はさらに進み、辺境そのものが消え去る日も近い。地の果ては大氷原と永久凍土の無人地帯であると大昔、賢者は羊皮紙に記している。また、わが帝都の優秀なる学者が解読した古代石碑断片にも、かつて最果ての地に大氷原と永久凍土を蛮族が発見したと古代文字で刻まれている、と権威ある学術誌に論文が発表された。わたしたちを無敵の征服者、地上の支配者として選んだ祖神と父祖の名誉を讃えるべく、わたしたちは惜しみなく潤沢な物資と人材を東へと送り続け植民化を進める。大氷原も永久凍土も、われら選ばれた民にとって征服できないわけはない。大地の下に埋まっている化石燃料だろうと希少金属だろうと地下水脈だろうと地下鉱脈だろうと、わたしたちが独占できないものはこの世に存在しないのである。わたしたちは海峡が凍りついた時期にはさらなる新天地を求めて氷海を横断する。最新のシールドマシンを駆使して海中トンネルを掘り進め、荒れ狂う海などものともしない巨大な海上橋を建設する。不凍港を建設し海底の謎を解き明かし海底資源を発掘し枯渇するまで海洋資源を開発する。わたしたちが前進をやめることは絶対にありえない。ついには天をも貫く無限に高い黄金の階段を建設することになるだろう。わたしたちはまごうことなき天上地上地下の支配者である。

＊初めて「冬虫夏草」が着想されたのは、日本でコンスタンティン・ロプシャンスキーの映画が紹介された頃である。地下生活者のストーリーを書くつもりであった。また、地下階段を降りたところに水没した地下博物館の廃墟、というイメージも浮かんだ。それから三十年以上経過してしまった。トホホ人生である。『ミュージアム・ヴィジター』は観たが、いまだ『死者からの手紙』は観ていない。フランツ・カフカ最晩年の短篇Der Bau（1923）、邦題は「穴巣」とも「巣穴」ともいうが、それを再読しイメージをつかもうとした。

第一章にある「水の王」、「火の王」は、ジェイムズ・フレーザーの『金枝篇』で言及されている、カンボジアに伝わる実権なき期限付き世襲王から着想した。

第二章にある象牙の鼻梁、銀の頬骨は、トマス・ピンチョンのV（1963）の第四章からの引用である。戦傷者を対象とする形成外科手術に関する箇所であり、Gretchen E. Henderson, *Ugliness: A Cultural History*（Reaktion Books, 2015）や映画『アムステルダム』（*Amsterdam*, dir David O. Russell, 2022）でも扱われている。

第四章は、Richard Trench and Ellis Hillman, *London Under London: A Subterranean Guide*（John Murray, 1993）とShauna Issac's book review of Caroline Shenton, *National Treasures*（*TLS*, Feb 18,

2022）を参考にした。David L. Pike, *Metropolis on The Styx: The Underworlds of Modern Urban Culture, 1800-2001* (Cornell University Press, 2007）からもおおいに刺戟をうけた。第五章の参考文献は数限りない。中世ヨーロッパ歴史地図やBen Kiernan, *Blood and Soil: A World History of Genocide and Extermination from Sparta to Darfur*（Yale University Press, 2007）などが、その中に数えられる。Anne Applebaum, *Gulag: A History*（Doubleday, 2003）は通読していない。

モスクワ、イスタンブール、テヘラン等の宝物館で見た展示物が私の記憶に刻まれている。広州や台北で訪れた博物館の記憶も甦ってくる。

タイトルは、古代ギリシアのアクロポリス（高丘の城砦）とJ・G・バラードのＳＦ短篇「クロノポリス」をヒントにした。全体としては寓話的断章である。

INCOMPLETE #2

骨壺の中

それは墓場までもっていくに値するほどに不出の秘密か
それは墓穴深く埋めるにふさわしい骨か　撒かれる灰も
ひとたび穢されたわが身は二度とふたたび清浄になれない
それほどの穢れといえようか　劫々と灼かれてまでも
骨灰はなお残るのか　この世界に未練は残さない　何も
そう努めてきたと今更に主張できようか　怨嗟が

土中に怨嗟が響きわたる　悪口雑言果てなき乱痴気
聞く耳を持つものにしか聞こえない　耳なしども
許しがたいことばかりに囲まれ息苦しい　息なきもの

あの人この人を許せない　わたし自身を許せない
かつて言われた　たぶん冗談まじりに　本気なら
十人殺すつもりなら九人目で諦めるな

恥知らずにもぬくぬくぬけぬけ　大気と大地を汚染させる
下劣な人間どもを　一人残らず無慈悲に掃討したかった
人間の姿かたちをしていなかったら　抹殺できたのに
害虫に変身させる魔法が使えたら　駆除できたのに
呪い殺す魔術が使えたら魂でも売ったのに　叩売りしたのに
そんな魂　誰が買いたがるもんか　悪魔を籠絡できるなら

諦めないこともない　ないわけではない　なくもがな
灰を撒くがいい　とっとと消えるがいい　消えるなら
骨を砕くがいい　粉々に　風に紛れるなら　壺とはあばよ

いっそ毒舌を吐きちらし毒をもって制していたなら　塗炭の
毒を盛らなかった　誰も傷つけなかった　誰も殺さなかった
そう努めてきたと今更に主張できようか　怨嗟かき乱る

口は災いのもと　さきくませ　口なしども　さかえあれ
光あふれる世界からあぶれて　影を落とした　はぐれて
物質と反物質のカプリングから取り残された　はじかれて
余分な一個の物質だけが残された　累積した　それ以外はすべて
余分同士はカプリングに賭けた　今度こそは　それ以外はすべて
光エネルギーになって消えた　あふれたあぶれもの　光あれ

＊品性下劣な人間と身近に関わりあってしまい、その下劣さはある程度予め覚悟の上だったにもかか

わらず、そう幾度も言い聞かせたところで、一生かけても拭えない穢れ、屈辱感、折に触れて間欠泉のように噴出する怒りや悔しさに囚われの身であり続ける。そんな敗北感に打ちのめされる。人間的下劣さの感染力は想定を越えてどこまで追ってくるのである。アントワーヌ・ロカンタンの心境である。

発想のもとにあるのは、ドストエフスキイの「ボボーク」(1873; 邦訳、『ドストエフスキイ後期短篇集』、福武文庫、1987)と Máirtín Ó Cadhain, *The Dirty Dust*, trans from the Irish by Alan Titley (*Cré na Cille*, 1949; 英訳、2015)であるが、最終連だけは二〇二〇年に書きとめたメモによる。宇宙塵や暗黒物質に関心があった。

Lucy in Lunacy

Were you no soul, no body, nothing more or less
I could inter you, to enter your urn, no epitaph,
Unbothered, delighted at the dreary dead of night
I would stay with you, breathless, long to fight,
Fall together to flare up, endless, do you read me

You're a blank sheet, then I'll be your ink
Dear my Dark Angel, my Divine Daemon,
Dive from the dust-smeared vault into the well,
Bottomless, pitch-dark, as black as midnight,

Now get ready to make of your conversion a quill

Ready to go, get loose, get lost into
Disorientation
Desperation
Devastation
Your inmost insatiable desire, infatuate
Foremost to cry out to the utmost

To break the cage you're locked in
Into pieces, never to be retrieved
Nowhere you be relieved, scattered
Promise me, no compromise, no scare
Ready to plunge headlong into

The ageless nightmares of your invention

Homeros, Joyce, Borges
Homeless, joyless, borderless
Blind, blighted, blown out, berserk
My ancient impotent fathers, desolate now
Tell me tales of your journeys, barbarians
All around, across oceans, storms raving

Are you sure you've found something
Find and loot, worth taking home, tangible,
No monsters, no mementoes, no talismans
On the desertshores, all around in ruins
What can you figure out, figures garbled

All I can hear is a fitful silence, screamin' gone

＊かつてリビア観光旅行でサハラ沙漠にテント泊したことがある。真夜中に目覚めテントの外に出て見上げると、万天に星々が煌めいていた。静まりかえった段丘のような沙漠にひとりぼんやり坐り込んでいたとき、初めて沈黙の音が耳を過った。

木の子

さあ　輪になって踊ろう　木の子たち
大気の慄え　わずかな接触で　森の外まで
地平線水平線越えて　成層圏まで飛散しよう
そこに何がある　あるはずのものがない
ないはずのものがある　そういうことよくある

ぬばたまの夜に　静まる闇の奥深く
朽ち果てたブナの木を寝床に並ぶ　木の子たち
闇を味方に　緑の光を放つ　さやけく緑
さあ　輪になって踊ろう　今でなくても

いつか　そのいつかはいつだろう

きみの夢の中に棲みつく　いつも
同じ夢を見られたら　ぼくらは
夢の中ではいつも一緒　いつまでも
眠り続けていられたら　いつか
目覚めて　宇宙に放散されるまで

さあ　輪になって　列になって　踊ろう
踊りあかそう　化外の森で　地球の片隅で
太陽は　知りすぎることのない星
天文学者にとっては　それもまた生き物
ゆえに　生まれ　成長し　いつか終るだろう

そのいつかは　厳密に　誰が知ろう　終りを
始まりを　誰が知ろう　発光も　爆発も
くすぶっている　きみと　一緒にいつまでも
踊り続けよう　闇夜に　緑の光を放つ　木の子たち
わずかは無数　無数はわずか　自然数にゼロはない

＊いわゆる下等生物の細胞増殖に関心がある。高校生の頃、生物教科書か受験参考書に載っていた腔腸動物や棘皮動物の変態変遷図、その精妙な美しさ、ただ驚異に打たれた。太陽光に背を向ける生物種の生態にも驚嘆するほかない。私が持っているきのこの本の記述には、ツキヨタケ（月夜茸）のひだは、夜あるいは暗いところでは青白く光るとあるが、ＴＶのきのこ特集番組で見た映像では緑に輝いていた。

第三連と第四連は一九九〇年に書いたメモがもとになっている。

なんちゃらウィルス

堂々と失敗しなさい
失敗からしか成功の秘訣は学べない
失敗の数　数えあげれば芋蔓ごとたぐられ
まつわれこの身はまろび音をあげる

堂々と不幸になりなさい
不幸からしか幸福の有難さは学べない
不幸の数　思い出せば雨後の筍ごといやまし
やまし滂沱の底なし沼に呑みこまれる

なんちゃらウィルス　へいちゃらご挨拶
みなさまお元気で恙無く　なによりたより
それはこっちの台詞　うちには入れないよ
これからも失敗と不幸　懲りず忘れずお届け

＊ムロツヨシという俳優はインタヴューとトークショーの中間ゾーンで喋ることができると知った。意識的か無意識的は分からないが、彼が発した「なんちゃらウィルス」という一言が、私の頭にコツンと一発。

Chrysalis Stigma

Neither am I an egg
You cannot keep me on your palm
Don't warm me, your hands too hot
In mud and sweat

Nor are you a palmist
You cannot read my lines, never,
I don't believe any signs, omens
In bird formations or constellations

Not am I a butterfly
You shall not fix a needle on me
For the display in your cabinet, stale ever
I will curse hunters and collectors, anywhere

Not am I a flower pot
You must not hang me on your gaudy lattice
Don’t water me down to drown
I’d be rather dried up, left all alone

No need for comforts, gifts, prayers
Mind you, don’t get closer to me
Close the door with resignation, no remorse
Sleeping am I a willful sleep of wreckage

Dreaming a dream of the hapless
Creature yet to be born, cast off
Too painful, dreadful to be stript off
Devouring enigmata to petrify me in awe

*私は干渉されることが苦手である。とはいえ、干渉の定義は難しい。いかに強がったところで、所詮、人間という生物種は、何やかや世話をやいたりやかれたりする社会集団であると私とて承知している。「蛹」はいわゆる植物人間から着想された。

At the Crossroads

A friend of mine died on the same day of my birth
Our mutual friend informs me of the day of his death
And the date of the condolence, due to be conducted

A father in law died in the same year of my birth
His son's widow I've never met sent me the haiku selection
And I get to know the life history of the author unknown

Accidents, coincidences, encounters, at the crossroads
Sometime-never somehow or other two lines are crossed

Added up are other lines, appears a figure least expected
Accept unconditionally every folly you’ve unbearably suffered
Cherish any agony just like every cell of yours, a chimaera
Composed of countless residua comes into being, that is you

＊映画『クロスロード』（*Crossroads*, dir Walter Hill, 1986）を観て以来、ロバート・ジョンソンというミュージシャンのことがずっと気になっている。音楽のために魂を悪魔に売り渡すという逸話は、パガニーニの逸話と同様に、私を誘惑するのである。芸術家が魂を神に売り渡すという逸話は、寡聞にして知らない。魂がもともと神の所有するところであるという前提にたてば、神には売り渡せないことになる。音楽への「過剰な」献身は悪魔との契約を連想させる、神がかりの技巧は神の嘉するところではないという含意か。

一五八三年、フェリーペ二世はサラバンドダンスを、「慎み深い人々に悪しき感情を起させる」として禁止した。また、ポルトガルのフォリーアはもともと激しいカーニヴァルダンスである。しかし、私がバロック音楽の括りで聴くサラバンドやフォリーア（狂気）では激しいダンスは踊れそうもないが、激しい感情には揺さぶられる。私はヘンデルのサラバンドを聴くと葬送を連想する。

オルペウス伝説のひとつ、その超絶的音楽によって山川草木や野獣を魅了しエウリュディケー奪還のために冥府の支配者をも説得できたオルペウスは、トラキアの女たちを袖にしたことで八つ裂きにされた。オルペウスとディオニュソスは、音楽と踊りを狂気に接触させる。オディロン・ルドンの絵画には、オルフェの頭部と竪琴を描いたものがある。

シメール（キマイラ）は、ボードレールとネルヴァルへのオマージュのつもりである。

濁点昇天

いずこにあれ　いく先先が追放の地　流れ果てない
濁点は　病気と腐敗をもたらす厄介者　余計者
罵られ石をぶつけられ唾棄される　地に呪われたる者

流れ着いた最果ての地　人々は渇水旱魃と流行病に喘ぐ
引き籠り　餓え倒れ伏す　歓待はもとより問題外
濁点は人っ子ひとりいない広場に横たわり　仰ぎ見る
ギラギラお日様　カラカラ空　いよいよシオトキ

濁点の輪郭薄れゆき　身軽になってカラカラリ

暖気に囚われ　ゆきゆきて寒気に衝突　パチパチ
雷光　雷鳴　ポツポツリ　ポチャポチャリ

あばら屋囚われ人ずるずる這いずりまろぶ　広場に
ボロボロ厄病神はいずこ　濁音撥音促音ごたまぜ
わらわら両手挙げ　口あんぐり　耳そばだてる
おどろおどろし雨　手足ばたばた　ぱちゃぱちゃ

＊小説を読んだり映画を観たりしている途中から、私は物語の展開や結末を予想したり、自分なりの物語を作り始めることがよくある。パンドラの箱の挿話、最後にただひとつ残ったのは希望である、この寓意的挿話から、絶望（ぜつぼう）と切望（せつぼう）についてある友人が原田宗典の濁点ストーリーを語ってくれたとき、私は私なりの濁点ストーリーを作り始めていた。日本語は擬音語・擬態

語が豊かであるという。

『今昔物語』（巻十二）では雷童が越後国の神融聖人の前に虚空から堕ちてくる、『霊異記』では雷童は水をたよりに昇天している、と近藤喜博の論文「山の鬼・水のモノ」（『日本の鬼——日本文化探求の視覚（増補改訂版）』所収）にある。

ポンコツ屋　To RM

ガツンと一発　どたまにお見舞い　もひとつおまけ　念のため
おとなしくなったところで　ゆっくりじっくり見下ろす
相棒は無敵のギラギラ庖丁　待ちかねたとばかり縦横無尽に
走りまわる　ほとばしる　鮮血は飛散し流れ尽きる　吊りさがる
さあさあ次は何が待っている　誰が待っている　手ぐすねひいて

無駄なものは何もない　何も無駄にしない　効率第一　循環経済
あなたもわたしも　きっと社会に役立つ　いつか認めてもらえる
時間をかけて育てて行こう　きっと明るい未来がきみを待っている
砕かれる頭も　剝される皮も　抉りとられる内臓も　分割される肉も

レアメタルもクズ鉄も何でもかでも社会に役立つ　命も車も地球を巡る

ポンポン　コンコン　調子はどうよ　まだ動けるかまだ行けるか
ローンが残っていても買い替えるタイミングは逃すな　安全第一
子どもは未来　先行投資　憂いなき老後に備える　夢のマイホーム
砂浜で築く　波が消してもまた築く　お城に思い出ぎゅうぎゅう詰め
また波がやって来る　大きな波がやって来る　そんなはずはない

海の日山の日　一生の思い出作りに準備万端　幸せ一家の夏休み
マイカーお出かけ　渋滞なんのその　パーキングエリアで一休み
何でもかでも写真に撮っておけ　充電忘れず　にっこりピースサイン
さてさて何を食べようか　次はどこへ行こうか　貴重な有給休暇
高速道路はすいすい進む　どこへでも　いつでも夢と希望に自己責任

次は何が待っている　きみの背後にひたひた　しのびよる収穫の秋
ガツンと一発　そんなはずない　こんなはずない　想定外は非日常
電車内に刃物男　エレベーターに硫酸男　自由で開かれた非常事態
解体　廃車　何でも歓迎　お客さまは神さま　陸路海路グローバルに暗躍
マサカリ振るい　電動ノコギリも助太刀　地球に優しく　無駄なく処分

＊市中に出回る紋切型を詰め込んだ諷刺詩として試みに書いてみた。ここに創作のときめきはなく、ただ嘆息のみが佇む。
　私はゴッホの絵画の中に糸杉や麦畑を見ると、反射的に、大鎌を携える馬上の死神を画面に登場させてしまう。デューラーの『騎士と死と悪魔』、フリッツ・ラングの『死滅の谷』、ベルイマンの『第七の封印』。パブロフの犬にも劣らぬ条件反射、刺戟と反応である。

マスカレード

マスクの下は半笑い　夜叉の面を被って踊る
復讐のないところに正義はない　血に飢えた
正義への献身ゆえに鬼神になる　阿鼻叫喚の
この世で罰を受けさせる　あの世あっても待てない

仮面舞踏会　匕首のんで息ひそめ機会を窺う
想像してはほくそ笑む　仮面仮装の下は本物の血肉
笑いさざめく仮面の下　奢りたかぶる仮装の下
ひと突きで　とどめさせれば　待ち焦がれた断末魔

こともなげに塵芥より容赦なく　屈辱がたまる　かたまる
人間的愚行の片棒担がされた　お人よしのフルコース
利用されて捨てられた　陳腐な屈辱の残飯にのどがつまる
その前に　正義の女神におすがりして吐き出すのだ　思いきり

報復と悶死を父祖譲りの天秤にかけ　段取りを練り上げてきた
時は背後から迫ってきた　ここまで　ほぞを固めて仰げば天窓
耳そばだて息ひそめ　怨憎会苦の深度をはかる　底知れぬ
この世で決択をつける　赦しは　あの世あれば乞うがいい

どちらが最初　どちらが最後　鎖に繫がれたお歴々に
亜麻とタールに塗れた異形仮面仮装に虎視眈々にじりよる
炬火をかかげて　火まつり　血祭り　仇敵に　思いきり
積年の恨みを晴らす　いざ　この世を浄める火がお出迎え

＊最終連はエドガー・アラン・ポーの短篇Hop-Frogがヒントになっている。シェイクスピア劇の道化やウォルター・スコットの『アイヴァンホー』のサクソン人道化は言うまでもなく、ヴェルディのリゴレットも、『風の谷のナウシカ』でトルメキア王国ヴ王に仕える宮廷道化も、ナポレオン・バッシノ・ポンセ・デ・レオンの『五隻の黒船』でマゼランの世界周遊の冒険に同行した道化も、バルガス＝ジョサの『世界終末戦争』で悪魔公ロベールを物語るサーカス道化も、私には忘れえぬ存在である。ワイルドやブラッドベリの短篇にも侏儒道化が登場する。当然ながら、私はベラスケスの絵画《ラス・メニーナス》やトッド・ブラウニングの映画『フリークス』も偏愛している。そして、十代前半に読んだ芥川龍之介の『侏儒の言葉』が反響する。

二〇〇三年夏、北欧を旅行したとき、ドロットニングホルム宮殿を訪れた。ヴェルディのオペラ『仮面舞踏会』のモデルになったとも言われるグスタフ三世について現地ガイドが説明した。個人的には英訳で読んだ『ニーベルンゲンの歌』の終盤、復讐心に燃えたぎるクリームヒルトが、居城の酒宴に招いたハーゲンやブルグント王一族供回を皆殺しにする場面が、私のお気に入りである。潔い全燔祭である。Hospitable, hostile, holocaust.

エコー

きみは庭先で花を育てる　種蒔き蕾み開花まち
色鮮やかに咲き誇る頃合い見計らう　その朝まだき
庭先の花々はごっそり摘まれた　狙われ盗まれた

きみは歩道近くにカボチャを育てる　野放図に
茎は蔓状に延びてフェンスに絡み地を這う　五裂の花
不格好な実がいくつも結んだ　誰も盗まなかった

虫はどこからやって来る　どこからでも
白いカボチャは冬を越せる　ほかの色は

アサギマダラは南を目指す　ほかの蝶は

瀑布飛泉ごとく　白濁薄膜　烟雨氷雨しぐる
その濁音　その跳ね返り　遠雷遠嵐の近さよ
なつかしさのあまりに　季節よ城よと響く

はたぼっち　落花生の収穫後の　はたけに
ぽつねんと立ちつくす　藁帽子たち　やるせなく
人の子ひとりいない　ぼっちのはたけ　日向ぼこ

かがやき　かがよひ　かぎろひに　瞑目す
あたらよに　冷気ただよふ　もだし手探りで
うつろひあえかなる響き　近き遠き　季節よ城よ

水琴窟　ひたそら残響待ちわびるエコーは
もどかしさのあまりにしぐる　耳を清まして
語りかけてくる音　声なぞらうと首をのばす

＊第一連と第二連は、以前母から聞かされた挿話がもとになっている。最初に思いつき書きとめたのが、第四連になった。「季節よ城よ」は、言うまでもなく、アルチュール・ランボーの「錯乱Ⅱ　言葉の錬金術」からの反響である。第五連は、緊急事態宣言解除後にようやく実家に帰省する手筈が整い外房線に乗車中、妹が車窓から指摘した田園風景をもとにしている。第六連はライトアップされた深秋の石山寺の情景から着想を得た。全体としては、ナルキッソスを焦がれるエコーというかたちをとっている。

葉見ず花見ず

特殊なヒトが現れたと呆れても　もっと特殊なヒトがさらに現れる
異例なコトが起ったと驚いても　もっと異例なコトがさらに起る
上には上があるもんだ　下には下があるもんだ　なしの礫なし気休め
特殊も異例も塗りかえられる　何でも新たに読みかえる　記録更新中
新情報は入れかわり立ちかわりたちまち劣化　時間稼ぎで時間の餌食
明日は今日の続き　それならと　時間割引の損得勘定をおっ始める

突然変異が未来を作る　その未来を見たい　最新の集積データを解析中
人間にとって不都合なことを洗い出す　地球の未来図を描いて設計中
わたしは幸せになるため生まれてきた　高度な脳はストーリーに溺れる

つづきつづきを読みたがる　書きたがる　書きかえたがる　気が済むまで
生化学的操作に専念　アルゴリズムに振りまわされても人道支援は忘れず
皆さん平等に変異の賜物　地球からの贈りもの　腐ったリンゴひとついかが

そしてわたしたちは　昔はよかったとまたもや繰言に明け暮れ時間つぶし
絶滅危惧種を危惧する　まぎれなき支配者　領土領海領空　かくれなき創造者
飴と鞭を手放さない　手を緩めない　宇宙開発競争に遅れをとってなるものか
共生と聞えよがしに言い包め　わたしたちの地球と　どこで人間性売ってんだか
水と油を戦略兵器にする世界で　炎上し飢えて震える大地に　暗雲圧しかかる
廃墟の円柱たちは半倒壊に屈して互いを抱きとめる　戟塵風塵を伴奏にピルエット

＊「はみずはなみず」とは彼岸花の別名である。茎の伸長が先行するからなのか。曼珠沙華は天界の

花。幾つもの呼び名がある。花にも唯一無二の本名なるものは存在しないのだ。権威筋による命名行為、分類名称があるばかりだ。最終行は、シリア難民の男性バレエダンサーが踊る映像をヒントにした。

Misericorde

Feel my fingertips, freezing cold
Feel my toes on the frosty floor
Ripped gloves and shoes, stained
With blood, roses, glasses shattered

You say you have long known me
Before you for the first time saw me
How long, how short, fugitive!
Hand about to withdraw, witness!

Heart broken by a smile, feral, all due
To your cruel kindness unflurried
Cutting my tongue, slitting my throat
Unable to reach out to the crude hate

*ギリシア神話のピロメーラーのイメージから着想したが、徐々にそのイメージから逸脱していった。

着地点が見つからない。

かつてわたしは

かつてわたしは高嶺の花だった　市場に出回らなかった
同調ファシストどもはわたしに呪詛を浴びせた　彼方此方
枯れておしまい　涸れておしまい　高嶺を滝雲が蔽った

かつてわたしは白い頁だった　上質の皮に包まれていた
虫たちが侵入し占拠した　汚物を撒き散らしのさばった
雑喉紙魚たちの帝国はようようと領土を拡張していった

かつてわたしはあなたにむけて狂恋を歌う詩人だった
それは太陽と月を手懐けて天のエーテルに呼びかけた

わたしの目は灼かれ　あなたの耳殻は殺ぎ落とされた

いつのまにか歌人　此方彼方瞬き落つる星に焦がるる身は
いつのまに廃人　光る爆風のあとに酸性の雨が降りしきる
のちのちのことはあとまかせ彼方まかせ　口の端から泡涎

沈黙がすべてを語るというなら　それは容認それとも否認
否定辞のあとにプラス価の言辞が待ち伏せているなら
なけなし正気はたき　何をか語る沈黙を呑み尽すもよし

＊最初に思いついて書きとめた二行が第四連になった。Ｇ・Ｋ・チェスタトンなら詩人と狂人を組み合わせるところだが、詩人と廃人が組み合わさってしまったのだ。

水な月、神な月

今が昔か　昔が今か　月は現れ隠れる
あらぬ年あらぬ月　あらたに創らん
水面鏡面映りたる　欠けたる月を掻き集め
あらたなる月を創らん　森の精霊に奉納す
新年に新月を言祝ぐ　森人は宴をはる
精霊にご馳走をふるまい歌舞でもてなす

「あらぬ年あらぬ月に子を生まねばならぬ」
太陽神の呪詛は十二ヶ月三六〇日にしか及ばぬ
月を相手に毎夜将棋をさして引きとめ引きのばし

夜伽通夜あけくれ　七十二分の一ずつ掠め取る
一年かけてあらぬ五日を掻き集め呪詛が及ばぬ
あらぬ年あらぬ月あらしめた一日目に子が生まる

生まれたるもの　盛りを迎えれば凋落は必定
今あるのはなきがら　七年を経て精霊は去る
すでに予言があった　去ってもまた戻ると
今あるのはぬけがら　七年を経て残ったのは
「なんじ我らが屑となれ」　連祷を響かせる
土の中　水の中　木の中　焔の中に遁れ隠れよ

＊岩波文庫版『金枝篇』（改版一九六七）に拠って作った。エジプト人が太陰暦と太陽暦の間に調和

をつくるため毎年の終りにあたって加える五付加日の神話的起源の記述（邦訳、第三巻）に魅了された。

ひとごとひとりごと

カッコイイと言われるより　カワイイと言われたい
カッコイイ男になれない　カワイイ女になりたい
前髪垂らし　肩までさらさら髪に　いくつもリボン
あの服この服どれが似合う　どれも似合うに決まってる
試着室の鏡の前できめポーズ　おめめパッチリ
マスカラばっちり　いつも応援　鏡はウソつかない

鏡に映るあなたの笑顔がなによりのご馳走
いつも飢えている　満腹になったためしない
チョコパフェ頬張って甘い生活を夢見ても

くたばりぞこないの怪魚がガラスに映る
どこへ逃げてもつかまる　どうしてここにいる
地上は見たくないものだらけ　何見てるの

カッコワルーイなんて荒立てないで　醜いアヒル
カワイクナーイなんて囁かないで　はりつくヒル
いつも守ってあげる　けっして見捨てない　約束だよ
甘い言葉と甘い囁きに座礁　思い込みと思い違いの
渦に巻き込まれて　打ち上げられたら夢の島
夢とは名ばかりの無人区　漂着物の吹き溜まり

いつまでもなくならないモノがここにある
もうおいてけぼりにはしないと約束してよ
ボクが選び見捨てなかったモノたちがボクに語る

ボクの過去　ボクの延長　いつかはボクの墓所
ボクからは捨てない　ボクからは裏切らない
やめてよ昔の話は　不壊の不夜城に集うがいい

ここは秘密基地　タカラ屋敷　ここほれワンワン
ピンクの花びらをフリフリフリル　振り撒いて
春を目覚めさせれば　思い出せるかもしれない
いつのことか　水平線に沈む夕日に近づきたくて
海の中にドボン　いつまでもたゆたう　お魚になる
瞑れない目はきょろきょろ　いいね　暗くなっても

＊あるドキュメンタリー番組から着想された。親から離れて一人暮らし、大量のモノが部屋を占領している。二十代若者、男装に馴染めず女装の日常。私なら衣装哲学か異性装・コスプレ・仮装の概念

を持ち出すところである。ゴミ屋敷住人に関心をもってしまうのは、私が身の周りのモノを減らしたいと切に思いつめているその反動によるのかもしれない。私は、記憶の断片が集積することに耐えられなくなる。

ACELDAMA

Between us widened are seven hours
I say good morning you say good night
Your morning gets in touch with my night
Between us stretched out are the ocean
Submarine cables, communications satellites
Sea fishes migrate, sky birds up southward

Between us staggering is a gigantic elephant
Disabled to move a dying gargantuan body
Unable to remove by a swaggering tank or fighter

Stay away, buried are mines and debris scuttlling
Stay down, hiding are mercenary snipers on the spot
No Man’s Land, potter’s field, in a free country

Up there down here across the bridge
Over the river lies down the village deep in snow
How is it definite, a bridge, a river, a village
How is it convincing this a promised land
Where a stranger could restart a new life
In a village, everything deep in mist and dark

ぼくらの間に　七時間が広がる
ぼくのおはようは　きみのおやすみ

きみのおはようは　ぼくのおやすみ
ぼくらの間に　海洋が横たわる
海中に光ケーブル　上空に通信衛星
海の魚は回游　空の鳥は南へむかう

ぼくらの間に　巨象がよろぼう
死にかけの巨体を　うごかせない
装甲車でも戦闘機でも　うごかせない
近寄るな　地雷埋設　瓦礫逃散
屈んでいろ　狙撃兵が狙い打つ
「無人地帯」は無法地帯　何でもござれ

川のむこうとこっち　橋を渡れば
「村は深い雪の中に横たわっていた」

それが橋　それが川　それが村とどうして
確信できようか　ここが約束の地とどうして
確信できようか　ここでなら生きなおせると
すべてが霧と闇におおわれた無灯の寒村で

＊ロシア侵攻後、母国に残ったジャーナリストがニューヨークに移り住んだ妻と連絡を取り合っているTV映像を見たのが、これを書くきっかけになった。第三連は、カフカの未完の小説『城』の冒頭への言及である。測量技師Kがどうして「新天地」である無名の村にやってきたのか、その動機づけとなる明確な記述は、私が読む限り、破棄されなかった現存原稿から成り立つペンギン版英訳テクストのどこにも見出せない。(『アメリカ』、別名『失踪者』の主人公カール・ロスマンについては、ニューヨークへの渡航の理由が冒頭であっさり記述されている。) Kが城に測量士として正式に雇われたといかに粘り強く主張したところで、それを裏付ける信頼にたる公文書も見つからず、城の敷地内

に入ろうにも信頼にたる上級役人を味方につけることができない。

私の頭の中では、テオ・アンゲロプロスやエミール・クストリッツァの映像が次々と浮かんでくる。

無限連鎖講

あの人この人がうらやましい
うらめしい　わたしひとり貧乏籤
みんなは幸せ自慢のインスタセレブ
硫酸かけたい　ガソリンまきちらしたい

みんなが不幸になればわたしの不幸は薄まる
みんなが幸福になればわたしの不幸は倍増する
わたしの不幸に消費期限賞味期限はつかない
期限なしのウラミソネミが無尽無限数珠つなぎ

しあわせたまご　インスタントにお届け
あなたは特別　未来のたまごを育てよう
ウラミソネミ仲間も加えてわんさか殖やそう
たまごも仲間も殖えて　うらやましがられる

ネタミソネミをネタにする商売やめられん
ネタふりネタ落ち　しばし寝落ちに沈む
ダメなときだけリセットするなんてズルい
夢と希望のビジネス　もうかりまっせ

今日もひとつもいいことない一日
何もいいことないから寝ちゃおう
明日が来ても来なくても大差ない
しあわせたまご　孵化はおまかせ

光は入れない　しめきりでいい
明るさに向かうか暗さに向かうか
雨の音もする　鳥の鳴き声もする
昼夜のべつまくなし　音がする

五官に振りまわされず涅槃にありつきたい
空腹の余りに目覚めることはないように
空の空なるかな精神統一　断食断捨離
あわよくば老いぼれ地球も道連れに

＊「みんなのたまご倶楽部」という詐欺事件があった。いいネーミングであるが、こども養育支援と

私は永久運動という概念を想起した。正式には、無限連鎖講という。ネズミ講である。人類の願望か。私が所有するクレジットカードは「永久不滅ポイント」が売りである。は無縁である。

雑俳、川柳

朝戸風　目覚める春の　雨音か

＊窓ガラスが分厚いので小雨では室内に雨音が聞こえてこない。窓を開けて初めて雨音に気づく。

花ふぶき　別れの手振る　三江線

＊二〇一八年三月、廃線間近の三江線に乗った。満員だった。全線開通に要した年月のほうが使用年数に勝る路線である。沿線では、地元住民たちが私たちに手を振っていた。同じような光景を、小湊鐵道といすみ鉄道に乗車していたときにも沿線で見かけたことがある。

青春18きっぷを使ってローカル線に乗ることがよくある。山陰本線、伯備線、吉備線、津山線、高山本線、飯田線、御殿場線、身延線、小海線、八高線、久留里線、上越線、只見線にも乗った。十九世紀においては、鉄道は近代化の象徴であった。汽笛轟かし黒煙を吐いて驀進する蒸気機関車の雄姿、鉄の大蛇、「今は昔」である。

内祝　オンライン越しに　雛祭り

＊故郷から孫娘への内祝の品々が宅急便で届く。加賀の実家と首都圏の自宅をＰＣ画面で結び、互いの健康を気遣う。

うなだれる　白き花かな　春なごる

＊妹の家のテーブルにクリスマスローズ、キンポウゲ科だという。クリスマスともローズとも関係ない。庭にたくさん咲いている様も見せてくれた。そういえば、母も姉も花を育てるのが好きである。かつて、一九八二年暮れか、友人からクリスマスカクタスをもらったことが思い出された。クリスマスで始まる草木の名称通称は多いのだろうか。

露天風呂　竹林三昧　あけぼのか

＊奥箱根の温泉宿、観光客の出入りも少ない。未明に館内ロープウェイを使って露天風呂に入り、彼方の竹林を眺める。山際は霧か霞か雲か白く煙る。

スキップで　横断する児に　はなひらり
護岸工事　桜並木で　ピクニック

いつ咲くや　気づけば足元　はな絨毯
靴底に　はりつく花弁　風薫る
春うらら　虫の天国　草むしる
江の島に　圏外ナンバー　一進不退
緑風の　いづくや鳥啼く　藤棚に

＊過ぎゆく季節を歌ってみた。

酔ひまわり　オラオラ系に　大豹変
ルンバ攻め　妻の差し金　なほ春暁

＊ふと耳にした言葉や音に反応して、五七五を口ずさみたくなることがある。オラオラ系、ルンバといった言葉は、私の日常からはほど遠い。酔いがまわったことをいいことに、暴言を吐いたり乱暴狼

藉に及ぶ人は珍しくもあるまい。主婦が早朝、寝ている夫の近くで掃除を始めるという図は面白い。

桜前線　梅に追ひつく　北海道

＊梅前線は桜前線より二ヶ月早く東に移動するが、桜前線の速度のほうが早いので、北海道では桜前線が梅前線に追いつく。

ポケモンゴー　「ただのインフラ」　夫の返し
川柳に　うつつぬかすも　課金なし

＊妹夫婦の家に出入りしていると、夫婦そろってポケモンゴーを楽しんでいるのをよく見かける。私の聞きかじりではあるが、グーグルマップ上にポケモンが仕掛けられており、このマップは、義弟に

よれば、電気水道ガス電話回線と同様、インフラだという。携帯電話を扱う会社のスタッフが私に、携帯電話は今や日常生活に不可欠な通信インフラだと言ったことを思い出した。

吾子三歩　飛び込む先は　腕の中

＊ココちゃん（愛称）は直立歩行ままならず、よちよち三歩、しゃがんで待ち構えているパパの両腕の中に飛び込む。

寝落ちなり　左手しっかと　スマホあり
吾子と手を　つないでお出かけ　スマホパパ
なくせない　スマホは家族　アップデート

＊スマホを握りしめたまま居眠りしたり寝落ちする人を見かけることがある。優先順位が高いのだろうと推測するほかない。自分の脳と手の延長、情報と記憶への依存、いつでもどこでも一緒にいられる安心感、それはまた不安のタネにもなりうる。

政治家の　公務忖度　ツレ遺憾
政治家は　その場しのぎで　無知さらし
窮すれば　面会謝絶　ノーコメント
自己点検「率直に反省」聞き飽きた
穴だらけ　お手盛り総括　誰がために
法に触れる　記録記憶なし　議員続行

＊政治家が記者会見や国会で頻用する紋切型文言に、腹立たしさと苛立ちを覚えることがよくある。公人とは演技者の別名である。ツレは能狂言のツレと道連れ同伴連座を響かせる。「記憶にございま

せん」、「身に覚えがない」が意識レベルの低下のサインなら、認知症等を疑い然るべき精密検査が必要である。しかし、一般に政治家の発言はそう受け取られず、日和見的偽証あるいは戦略的健忘症と見なされる。「違法とは認識していなかった」という発言もまた、庶民なら仕方ないかと大目に見られるかもしれないが、選挙で選ばれた議員や高級官僚が発言する場合は、臆せず認識不足を認めて潔いというより、違法性を認識しない御仁が国民の血税を貪っていいのかと重い気分になる。

物質と同様、言葉もまた大量に頻繁に使われていくうちに擦り切れて軽くなるという。物質と同様、古い言葉は見向きされなくなり、新しい言葉はちやほやされてもすぐ厭きられる。言いたい放題、散らかり放題である。公文書の処分、記録の改竄、記憶の風化、なんでもありの多様性ある世界である。

どっちつかず　何やらかした　「特定少年」

＊「自己責任」という文言、投資の際にもよく聞かされる。犯罪報道の際、容疑者が定義上未成年の場合、実名報道されない、つまり特定されない。

被疑者が重大犯罪を犯したとき「心神耗弱」「心神喪失」状態にあったと専門家による精神鑑定が裁判所に提出され認められれば、刑事責任能力が疑問視され刑事罰は減刑される。つまり、刑事責任能力ありとされる一人前の犯罪者は、犯行前後に正邪善悪の判断ができる正常な心神状態にある成人であると確認され認定されねばならない、ということだ。

正常な成人だけが、自らの理性的判断で計画的かつ主体的に行使した違法行為に対して正当な責任能力を発揮できる。自由意志と自己責任能力を有することへの対価を支払うことになるのである。正常な成人は定義上、思い込み、思い違い、誤解、錯覚を弁解できない。

(追記：令和四年新年度より成年年齢は十八歳に引き下げられる。)

巣籠りて　焼きはきびしく　鮭ムニエル

＊私は料理が苦手であるが、作り方や味付けには関心がある。つまり分析したくなる。妹が作った鮭ムニエルをいただいたとき、かつて年上の友人が実家に私を招き、鮭ムニエルを作ってくれたことが

思い出された。一九七九年か、三鷹それとも武蔵境で。吉祥寺のショッピングモールで一緒に買い物した、そんな記憶まで甦ってきた。音信が途絶えて久しい。今でもチューリッヒに住んでいるだろうか。

ひまはりの　奥にはまつたり　金ぶうぶう

*夏の庭での発見。妹のネタである。彼女はいつも目ざとい。季語が二つ、しかし向日葵の色彩と金蚉の翅音はともに捨て難い。

ひとさまの　犬をナデナデ　不審顔

*見知らぬ人が近づいて頭を撫でることをそれほど警戒しない犬もいる。本能的にこの人犬好きと嗅

覚か何かで察知するのか。飼主は不審がるかもしれないし、うちの犬やっぱり可愛いからなと納得するだけかもしれない。番犬向きではない、ペット向きとは言えよう。このネタは友人RMのものである。

添乗員　ゆきつもどりつ　苔の森
「コロナ消えろ」　絵馬に願かけ　火消しゴム
吾子背負い　木曽駒下り　汗しとど

*オリンピックの狂騒をはるか離れて、信州にてハイキングとトレッキング。絵馬に書かれた文言に気づいたのは友人MOである。諏訪大社本宮でのことである。ウィルス除去には消火剤も消しゴムも役立たないだろう。

曲がる膝　また歩けるか　空仰ぐ

＊「まだ歩けるか」にするべきか迷った。膝がのびないので歩きづらいということもあるし、膝の屈伸が楽になったので歩けるということもある。

地球の中心に向かって垂直に足を置け、足指全部足裏全体で踏んばれ。直立二足歩行の難しさを痛感する。「オイディプスの呪い」と私は呼んでいる。呪いと祝いは似ている、字面も響きも意味も。同一物の表裏か。

ここは阿寒　暑すぎてかなわん　デコボコ道
サスペンダー　日々外れる　サスペンス
湿原の　シカは道草　線路そば
ディーゼルの　にほい懐かし　花咲線
氷雨なり　最東端の　有人駅

＊釧路に一週間滞在した。花咲線に乗って根室に行った。日本最東端の有人駅である。夏ど真ん中なのに、気温は十四℃、雨が降っていた。昼食には鍋焼きうどんを食べた。店入口の注意喚起張り紙には、「道外の人　入店お断り」とあった。

車停め　一家で夜釣り　橋の上

＊台風一過の翌日、暑い夜、増水した川の橋上に大型車輌が二輌駐車、二家族が夜釣りのセッティングをしていた。

逝く夏を　なほ巣籠りて　惜しむかな

*巣籠は春の季語である。夏も終ろうというのに鳥ならぬわが身はなお巣籠をやめられないとは……芭蕉のパロディと言えようか。

対岸の　火よと唱える　安全安心

*みんなで心一つに唱えれば願いや祈りはきっと天に届く、そんな信仰はたしかに有難いし捨て難い。

昼日中　広場封鎖で　危機管理
夏も宵　無聊慰む　路上飲み
路上寝に　スリ虎視眈々の　熱帯夜
信号無視　ほろ酔い気分で　キックボード

＊「不要不急の外出を控えるように」とお上からのお達しである。「人はパンのみにて生きるに非ず」と反論したくなる。たしか、狂気のリア王も、そんなことを口走っていた。パンとサーカス、市民が享受するローマの平和。一旦、制限解除で日常が「正常化」されると、多くの人が凝集する「イベント」で野放図に騒ぎたくなる。

与太話　てんこ盛りで　てんてこ舞
肝機能　クスリはリスク　ツケ嵩む

＊治療やら療養やらに長期間かかずらっていると、壊れゆく身心のご機嫌をとるのに嫌気がさしてくる。自分の身体をいわば実験台にして今度の薬は効くのか試し、数値が改善されなければ別の薬を試す。試行錯誤の繰り返し、医療費は高額になるばかりである。医師は、血液検査結果の数値に一喜一憂してまで生活の質を下げるに及ばない、とまで言い出す。ありがたいお言葉であるが、われわれは科学的知見や統計的分析をもとにした数値や画像分析を重要視するように教育されている。所詮は時

間稼ぎであると承知はしている。いいかげんケリをつけるタイミングを模索するばかりである。

わが道を　老ひても邁進　空騒ぎ
悪びれず　最後に戻る　バス席に
先越され　バスに戻れば　喋り盛り
素面でも　お喋り怪獣　大暴れ
世間話　悪酔せずとも　発散飛散

＊日帰りバス旅、後部席に坐っていた元気なオバサマ二人が往路復路ずっと車中でお喋りしていて、席の移動叶わぬ我が身うらめしや。日頃の鬱憤を気心しれる友人相手に解放しているのか、それとも日頃から相手を選んで喋り散らかしているかは分からない。オバサマお二人の日常生活や対人関係が伝わってきてしまう。誰でもが自分の人生を肯定したいがために話し相手を求めるという挙に出る。

風立ちて　いちめん稲穂　さやかなり
湧水に　梅花藻たゆたふ　秋のそら

＊岳南電車に乗って出かけたときのスケッチである。あいにく、富士山の雄姿は拝めなかった。

ハサミ切る　ワインブドウ蔓　西日背に
錦織る　山なみ迫る　落日や
ガス途切れ　湿原木道　秋はるか

＊年を追うごとに、春と秋の期間が短くなり、酷暑の夏と寒い冬が長期間に及ぶ、長く生きていると昔と今を単純に比較するようになる。経験則というより年寄りの感傷にすぎない。しかし、偶然、ワインブドウの収穫を手伝う機会に恵まれて、たっぷり秋の風景を堪能できた。誘ってくれた友人ＥＯ

にひたすら感謝。再会は五年半ぶりであった。

寄り集ひ　柩に散花　秋は逝く
落葉踏む　骨壺重く　青山へ
雪虫や　墓所改修の　見積もりす

*高齢者が死亡すると故人の弟妹もまたすでに介護を要する高齢者の立場になっているケースが少なからずあり、血縁者であっても付添いなしには遠出ままならず、葬儀に参列できないことになる。少子高齢化社会とはこういうものかと今更に気づかされる。

横町を　外れ息抜き　五十鈴川
浦島や　洞窟温泉　白濁す

語り部は　故事を繰り出す　中辺地に

「天空」の　車窓広がり　千世の森

高野山　仁王の胸に　せみとてふ

＊おかげ横丁がとても混雑していたので、川辺に下りて腹ごしらえすることになった。南紀勝浦温泉ではホテル浦島に泊まった。玄武洞には日昇館連絡通路を辿り、忘帰洞には本館から連絡通路を辿ることになる。通路の途中には子連れ家族向けだろうかゲームセンターが設置されていてゲーム機特有の音を賑やかに発していた。家族向け温泉アミューズメントパークのコンセプトで建設されたようだ。南海電鉄の橋本から極楽橋まで観光列車「天空」に乗った。そこからはケーブルカーに乗り換え高度を上げた。初めて高野山を訪れたのは三十五年近く前である。比叡山より気に入った。

断捨離を　説かれ反撥　「俺は死なん」

＊楽しい思い出を両腕でもかかえられないほどいっぱい持ちたい、思い出の沁みついたモノを捨てられない。それでは、「冥土の土産」を信じるのだろうか。モノへのこだわりはまた記憶の断片化希薄化と関わっているのだろうか。

テレワーク　自宅残業の　夜長かな
反魂丹　賢くなったと　錯覚す
ことわざも　差別用語と　気を遣う

＊「あほんだら」とか「あんぽんたん」といった言葉を耳にすることが近頃稀になった。「あんぽんたん」の漢字表記は安本丹。語源には諸説あり、「反魂丹」、「万金丹」など薬名になぞらえたとは、私にとって発見であった。「バカにつける薬はない」、「バカとハサミは使いよう」等、これらことわざも今や自己検閲にひっかかりそうだ。あてもない正気をもてあましているのか、俳句、川柳、雑俳の真似ごとをすることが多くなった。筆のすさみと自認するほかない。

ペットなり　爪牙抜かれた　子ライオン

＊野生動物が人間のペットにされることもある。「共生」や「寄生」という概念は中立ではありえないのだ。ノアの箱舟の挿話にもあるように、たぶん人類は世の終りにも所有と繁殖を夢に見るのだろう。

ぬいぐるみ　トラの威をかる　ウサギかな

＊外見はトラのぬいぐるみ、その頭部を顎からめくり上げると、中にはウサギの頭部が仕込まれている。遊園地や商店街で子ども相手にクマあるいはトラの着ぐるみ姿で愛想ふりまき汗だくで働く人を想像してみる。もしかして、外見はオオカミのぬいぐるみ、その腹部のファスナーを外すと中にナイトキャップを被った老婆の頭部が出てくるぬいぐるみも商品化できるかもしれない、と妄想してみる。『狼の血族』の一場面、アンジェラ・カーターの短篇、ニール・ジョーダンの映画。

車酔ひ　酒こそクスリ　ランチ待ち

＊久しぶりに数人で海辺に向かったが車に酔い、すっかり食欲をなくしたが、ビールを飲んだら元気になって食欲も出てきた。これは友人ＹＴのネタである。さすが、酒は百薬の長である。

病高じ　素敵なヒトも　ゾンビー化

＊これはある街頭インタヴューで、認知症を患う配偶者を介護するヒトが言ったことをネタにした。ゾンビーはすでに日常会話の用語なのだろうか。

Zombie のオックスフォード英語辞典初出は一八一九年、クレオール語 zonbi に由来し「死んでから生き返ったものの自由意志はない人」のことであるが、一九二〇年代にアメリカ合衆国がハイチに地政学的権益をもって以降、大衆化されたという。私にとってハイチといえば、トゥーサン・ルーヴェルチュールとアレッホ・カルペンティエルの小説『この世の王国』である。

冬も尾瀬　写真取り出し　夏しのぶ

*初めて尾瀬を訪れたのは一九八〇年九月である。当時大学生だった妹が夏期休暇中に尾瀬でアルバイトをしていたので会いに行った。九月でこんなに寒いとは、と思った。三〇年ほど経ってから、初夏の頃、妹と山小屋に泊まって尾瀬で過ごす機会が何度もあった。妹は季節と行き先関係なく、尾瀬の本を移動の際、持参する。愛読書、いや、お守りだろう。

手を広げ　カエルはカエデ　秋落つる
山紅葉　カエデがカエル　誰が手なる

＊錦秋の山々を彩るカエデはカエデ科カエデ属の総称であるが、辞書によれば蝦手の変化した形であるという。形状において両棲類の動物の方か樹木植物に先行するのか、と疑念がわく。

カエル手ですぐ連想するのはカフカの『審判』に登場する小間使い（というか愛人）レニである。ビル・フォーサイスの映画『ローカル・ヒーロー』（*Local Hero*, dir Bill Forsyth, 1983）では、テキサスから「開発」のためにスコットランドの寒村にやって来た青年は、海洋学者の女性と知り合うが、彼女は、わたしの名はマリーナ、だから、と足指を見せる。水掻き状である。そのとき、『ペリクリーズ』のマリーナが私の頭を過った。

川沿いに　パン屑乱舞　鳥せわし
河川敷　しばれる冬日　ホームレス
遺繰す　神も仏も　年の暮
行き止まり　底なし金欠　Uターン

誤字コピペ　著作権なし　判決文

公費マスク　保管廃棄に　試算上ぐ

三密で　冬も暖か　いつ終る

密室か　拡大自殺　火をつける

＊快晴の朝、居住地近くの川沿いで鳥に餌を撒く中年男を見かけた。手には餌入りビニール袋、傍らに自転車を駐輪。それで私は川沿いを歩けなくなる。他の句はほぼ時事ニュースネタである。拡散、拡大、炎上――単語の意味は世の中の出来事に合わせて濫用される。変容する、と言うべきか。

年の暮　カラー咲き誇る　源平川

時の鐘　うなぎ香ばし　ひと集ふ

湧水の　せせらぎ闊歩　飛石よ

車窓より　白き富士うへ　笠の雲

*年末に三島と伊豆長岡を訪れた。源平川の水量が幸いほどほどの量だったので、川の真中に設置されている飛石をずっと踏んで進んでいった。三島を訪れるときは、たいてい、川歩きと三嶋大社詣りをセットにする。伊豆長岡では日帰り温泉に入った。

江の島に　ひと群れゾンビー　初日の出

*元旦、晴れていれば薄明に江の島まで歩くが、明るくなって見えてくるのは、橋の上の群衆、混雑ゆえにのろのろと歩いている。ぞろぞろ歩くその仲間に加わる勇気はないし気力も残っていない。それでUターン、川沿いを歩いて帰途につく。

身延線　右に左に　白き富士

＊身延線と岳南電車は車窓からの富士山の眺めが売りである。初めて静岡県富士山世界遺産センターを訪れた。

ゴミ屋敷　捨てられ本も　猫と一緒

＊世の中には捨てられた犬猫を拾って飼う人がいるように、捨てられた本を拾って自分の家に持ち帰る人もいる。あるＴＶ番組で見たいわゆるゴミ屋敷の内部、無造作に見捨てられたモノを持ち帰る心根は優しさなのか、だらしなさ、無責任なのか。むろん、人がモノを所有するのは必要性によるばかりではない。

つけいられ　グリーンなんちゃって　おためずく

＊英語でgreenwashとは、地球環境に負荷をかけないエコフレンドリーと主張し、それによって他者を納得させるビジネス手法らしい。ちなみに、whitewashには糊塗策、ごまかし、とりつくろいの意がある。

地図を手に　なりゆきまかせ　道迷う
わき道に　水仙咲く先　白糸橋

＊要領が悪く地図を見ていても目的地に辿り着けないことがよくある。周囲を見回しても、私以外、誰も歩いていない。見るに見かねたか、郵便配達のオニイサンがバイクを停めて、私に声をかけてくれた。彼が教えてくれた白糸橋への近道に、目印となる水仙の群生、得した気分になる。

雪や降る　復路どうなる　八ヶ岳

＊これは友人MOのネタである。登山ではなく中央自動車道ドライヴである。

風あばる　真冬の能登に　逆さ滝

＊私は滝に魅惑されている。残念ながら、イグアスの滝はローランド・ジョフェの『ミッション』(*The Mission*, dir Roland Joffé, 1986) や王家衛の『ブエノスアイレス』(*Happy Together*, dir Wong Kar Wai, 1997) の映像でしか知らないが、ナイアガラ瀑布とエンジェルフォールズは、現地で間近に見た。水しぶきを浴びた。落下する奔流を滝壺から眺めたこともある。国内の滝も好き好んで電車やバスを乗り継いで見に行く。二〇一七年三月末、中禅寺湖近辺に滞在した折、早朝に訪れた竜頭の滝は非情にも凍結していた。

あるTV番組で冬の風物詩として逆さ滝の映像に初めて遭遇した。

ややこしや　反応無しに　老いるショック
オイルショック　焦って出かけ　空の棚

＊二句を並べて言葉遊び。深刻な事態のひとつの受けとめかたである。

息あらく　除雪車走る　白一面
うちはそと　ドカッと寒気　冬こもる
デパ地下は　素通りできず　旬の色

キャラたつと　言われ腹たつ　人生相談
正確に　恐れなさいと　医師は助言

ゼロコロナ　終わる頃には　集団免疫

下田行　まさか「黒船」　いちめん海

＊熱海で伊豆急下田行に乗り換えた。偶然にも「黒船」車輛に乗れた。「ワイドビュー」、「オーシャンビュー」が売りである。窓ガラスがシネマスコープのように横長に広いので、一面に海が見渡せる。

神社へと　続く雛段　つるし飾り

＊伊豆稲取、スサノオ神社の雛祭り、神社へと続く階段は雛段に転用され、両側にはつるし飾り。階段下では、雛段で記念写真を撮りたい人々がお行儀よく列をなして待っている。それゆえに、迂回路で神社境内に辿り着く。

ポッチャリさん　ザブンと重吹く　露天風呂
露天風呂　五官で感じる　花粉かな

＊伊豆高原赤沢温泉、屋上に設置された「天穹の湯」、こぶりの露天風呂での一情景。花粉飛散の季節である。

あらまほし　自然研究路に　ポケストップ
ポケモンと　ヒトは一体　背後霊
無人の野　なすすべなし　電波人間

＊伊豆高原駅近くから川沿いを歩き、吊り橋を往復してから海岸線沿いに自然研究路をアップダウン、

健脚の中高年ハイカーを何人か見かけた。途中休憩を入れながら蓮着寺まで歩いた。さらに、城ヶ崎海岸駅まで歩いた。ポケモンストップがどこかにあれば、歩く励み、歩を進める動機づけになるらしい。馬の鼻先にニンジンである。

名ばかりの　「人道回廊」　敵兵地雷
すきあらば　毒盛る威し　会議席
製鉄所　地下避難民を　兵粮攻め
なしくずし　住民投票　銃突かれ
「部分動員」　死者も召集　ゴーゴリか
捨て駒や　人間の盾　前線送り
囚人兵　最前線では　愛国者

＊日々、ロシアによるウクライナ侵攻の情報が大波小波押し寄せる。報道によれば、トルコで行われ

た当事国による第三回停戦交渉の席で、ロシア外相が「ロシアは攻撃していない」と発言したという。権力者が振りまわす自己無謬性の特権であろうか。

私は十代半ばからゴーゴリ愛読者である。代表作『死せる魂』の「魂」とはロシア語で「農奴」をも意味する。帳簿上は生きていることになっている死んだ農奴を買い取り大地主になりすまそうともくろむ詐欺師チチコフへのオマージュか、ブルガーコフは「チチコフの遍歴」という短篇（『悪魔物語』所収）を書いている。ゴーゴリ、ブルガーコフ、二人ともウクライナ生まれである。そういえば、ジョゼフ・コンラッドもウクライナ生まれである。それは、ポーランド独立運動に関わった父親の流刑先であった。ウクライナとはロシア語で辺境、境界の意である。

段差あり　ダンナころりん　ダルマさん
傘吹っ飛び　膝折れ顔面に　アスファルト

＊「群馬の森」から倉賀野駅に向かう途中の歩道で、ごく間近に転倒を目撃。その一瞬はスローモー

ション。一瞬でバランスを失いかねないことの脆さに驚嘆するしかない。転んでも骨折するなといつも自分に言い聞かせる。

冬枯れや　榛名湖畔に　ひとり待つ
残雪や　山頂で開ける　層雲なり

＊伊香保までは交通の不便をあまり感じずに済んだのだが、オフシーズンの榛名湖近辺は冬の終りで寂寞としていた。ロープウェイに乗った。

かつて知る　都にまごつく　里帰り
デモリション　上向き下向き　水噴射

*久しぶりに都会に出ると見知ったはずの景色がすっかり変わっていることがある。特に再開発地区の高層建築群には困惑する。二十代の日々が遠ざかりゆく感覚を味わう。久しぶりに帰省すると最寄り駅周辺やアーケード街の様相がすっかりさびれていることを発見する。少子高齢化社会は確実に進んでいる。「ふるさとは遠くにありて思ふもの」である。

クレーン車を使って鉄筋コンクリート建物を取り壊す解体現場では、上から下から双方向に流水が派手に噴射されていた。落下する破片や舞い上がる塵芥等を地面に安全に落とすためと推測した。

あらぬ年、あらぬ月

二〇二三年十二月十二日　発行

著者　林　完枝
発行者　後藤聖子
発行所　七月堂
〒一五四－〇〇二一　東京都世田谷区豪徳寺一－二－七
電話　〇三－六八〇四－四七八八
FAX　〇三－六八〇四－四七八七
印刷　タイヨー美術印刷
製本　あいずみ製本所

ISBN 978-4-87944-553-7 C0093